【俄国】普希金 / 著

冯雪松 / 编译

普希金诗选

PUXIJIN SHIXUAN

南京大学出版社

图书在版编目(CIP)数据

普希金诗选 / 冯雪松编译. –南京:南京大学出版社,2009.1(2018.1重印)
(青少年课外阅读系列丛书)
ISBN 978 – 7 – 305 – 05624 – 6

Ⅰ. 普… Ⅱ. 冯… Ⅲ. 诗歌 – 作品集 – 俄国 – 近代 Ⅳ. I512.24

中国版本图书馆 CIP 数据核字(2008)第 173129 号

出版发行 南京大学出版社
社　　址 南京市汉口路 22 号　　　　邮　　编　210093
出 版 人 金鑫荣

丛 书 名 青少年课外阅读系列丛书
书　　名 普希金诗选
著　　者 [俄国]普希金
编　　译 冯雪松
责任编辑 莲　子　　　　　编辑热线　025 – 83206662
审读编辑 荣卫红

照　　排 南京新洲印刷有限公司
印　　刷 肥城新华印刷有限公司
开　　本 787×1092　1/16　　印张　13.75　　字数　218 千
版　　次 2009 年 1 月第 1 版　　2018 年 1 月第 6 次印刷
ISBN 978 – 7 – 305 – 05624 – 6
定　　价 20.80 元

网　　址 http://www.njupco.com
官方微博 http://weibo.com/njupco
官方微信 njupress
销售咨询热线 025 – 66665152

前　言

　　亚历山大·谢尔盖耶维奇·普希金(1799～1837年),19世纪俄罗斯浪漫主义文学主要代表,同时也是俄罗斯现实主义文学、民族文学和文学语言的奠基人,因而被高尔基誉为"一切开端的开端"。

　　普希金出身贵族,从小就在浓厚的文学氛围中长大,并受到过良好的法国贵族式教育。这些基因不仅为其后来的文学创作打下了扎实的基础,而且还为其接受法国启蒙思想的熏陶、反对沙皇专制、追求自由的思想的形成提供了土壤。

　　从皇村贵族学校毕业之后的普希金,在十二月党人民主自由思想感染下,在1817～1820年间创作了许多反对农奴制、讴歌自由的诗歌,如《自由颂》《致恰达耶夫》《乡村》《鲁斯兰与柳德米拉》等。他大量运用生动、鲜活的民间语言,无论是从内容还是形式上,都向贵族传统文学提出了挑战。因此被变相流放到俄国南部任职。

　　这不仅没有扼杀普希金追求自由的思想,反而使他变得更加明确和强烈,从而写下了《短剑》《囚徒》《致大海》《高加索的俘虏》《强盗兄弟》《巴奇萨拉伊泪泉》《茨冈》等追求自由与浪漫的名篇,不仅表达了诗人对自由的强烈憧憬,而且还形成了自己独特的风格。

　　1824年,普希金被沙皇当局送回其父母的领地幽禁,其间,普希金开始大量搜集民歌、故事,钻研俄罗斯历史,思想日益成熟,创作了近百首具有明显的现实主义倾向的诗歌。

　　1826年,新沙皇继位后,被召回莫斯科的普希金虽然也曾一度抱有幻想,但很快就破灭了。经历二次幻灭洗礼的普希金,不仅在现实主义创作上更加炉火纯青,思想也更丰满,创作了大量富有激情而又深邃的诗作,比如《青铜骑士》等,从而被誉为"俄国诗歌的太阳"。另外,他还创办了素有俄罗斯进步喉舌之称的文学杂志《现代人》,使之成为俄罗斯大批优秀作家的摇篮。

　　普希金的作品,不仅具有崇高的思想性,而且还具有完美的艺术性,其影响是世界性的。其涉猎面之宽、独创性之强、艺术之精湛、思想之深刻、渊源之悠远、流传之久长,可谓博大精深,足可与莎士比亚、歌德等相媲美。至于他的诗作，则更是集中体现了其对自由、对生活的热爱，对光明必能战胜黑暗、理智必能战胜偏见的坚定信仰。是他"用语言把人们的心灵燃亮"，深深地感动着一代又一代人。是他，激发了许许多多俄罗斯音乐家的创作激情和灵感，创作出众多不朽的经典。

在这里，我们仅从普希金大量诗作中撷取一束，以见证其对真善美的诚挚流露、对自由的不懈追求及其在艺术美学上的意义，就像别林斯基说的那样："这些'诗情的''艺术的''富有表现力的'诗，就是普希金全部诗歌的感人力量的秘密底蕴。"并真诚地希望它们庶几可以达到激越我们内心的灵性的目的和期待，正如普氏在 1827 年《致弗·费·拉耶夫斯基》中仅有的、短短的两行：

> 没有徒劳无益地将我，
> 从监狱沉寂深处唤出。

目 录

致 大 海

再见吧，自由奔放的大海！
这是你最后一次在我眼前，
翻滚着蓝色的波涛，
闪耀着骄傲和壮美。

仿佛友人忧郁的絮语，
别离时无语的凝咽，
我最后一次倾听着你
沉郁的诉说，喧声的召唤。

大海，我深情向往的国度！
我多想常常地，静静地
苦思我珍藏已久的期盼，
在你的岸边迷惘地徘徊。

啊，我多么留恋你的回声，
喑哑的雄浑的沉渊之歌，
我爱听你黄昏时的幽静，
和你任性的脾气的发作！

渔人的渺小的帆凭着
你的喜怒无常的保护
在利齿之间大胆地滑过，
但你若汹涌起来，无法克服，
成群的渔船就会覆没。

直到现在，我还不能离开
这令我厌烦的凝固的石岸，

我还没有热烈地拥抱你，大海！
也没有让我的诗情激荡
随着你的山脊起伏澎湃！

你在期待，呼唤……我却被缚住，
我的思绪徒然想要挣脱开，
而更强烈的感情把我迷住，
于是我在岸边留了下来……

有什么可顾惜的？而今哪里
是能让我奔上坦荡的途径？
在你的荒凉中，只有一件东西
也许还激动着我的心灵。

一面峭壁，一座光荣的坟墓……
在那冰冷的睡梦里，
沉埋着伟大的回忆，
啊，那是拿破仑的长眠之地。

他已经在苦恼里沉睡。
另一个天才紧随其后，
像风暴一样掠过我们的面前，
啊，我们心灵的另一个主宰。

他去了，使自由在悲泣中！
他把自己的桂冠留给世上。
喧腾吧，为险恶的天时而汹涌，
噢，大海！他曾经为你歌唱。

他是由你的精神塑造而成，
海啊，他是你形象的反映；
他像你似的深沉、有力、阴郁，

他也倔强得和你一样。

世界空虚了……哦，海洋，
现在你还能把我带到哪里？
人们的命运在哪儿都不会变：
要么教化，要么被暴君看严，
哪里还能找到幸福的乐园？

再见吧，大海！你的壮美
将永远不会被我遗忘；
我将久久地等待，听
你在黄昏时分的轰响。

心里充满了你，我将要把
你的山岩，你的海湾，
你的光，你的影，你的浪花的喋喋，
带到森林，带到寂静的荒原。

青少年课外阅读系列丛书

月　亮

孤寂、悲怆的月亮，
你为何出现在云端，
透过窗户，将那清辉
洒落在，我的枕上？
你的写满忧郁的面庞
引起我的悲思，
和爱情的无益的忧伤；
骄傲的理智难以抑制的愿望
又在我的心头重新激荡。

飞走吧，往事的回忆，
安息吧，无果的爱情！
那样的月夜一去不返，
当你以神秘的灵光
穿过幽暗的桦树林
将静谧的光辉投放，
淡淡地，隐约地
映出我恋人的美轮美奂。
情欲的欢快啊，你算什么？
怎比真正的爱情和幸福，
那种内在美的韵味绵长？
逝去的快乐又怎能归还？

光阴啊，那分分秒秒
为何要像白驹过隙一般？
当那朝霞突然升起
轻盈的夜色为何要变淡？

月亮啊，你为何要逃避，
沉没在那明朗的蓝天里？
为什么天上要闪出晨曦？
为什么我和恋人要别离？

窗

不久前的一个夜晚，
一轮凄清的明月
巡行在迷茫的云天，
我看见：一个姑娘
默默地坐在窗前，
心中揣着小鹿般
把山下朦胧的小路张望，
心里面忐忑不安。

"这里！"急急的一声轻唤。
姑娘手儿微微发颤，
怯怯地推开了窗扇……
月儿隐没在乌云里边。
"幸运儿啊！"我惆怅地想。
"等待你的只有交欢。
什么时候也会有人
为我打开窗子，在傍晚？"

风　暴

你看见那屹立峭岩的少女了吗？
身着白色衣裳，君临波涛之上，
当大海在风暴雾霭中喧腾，
和海岸联欢，
当雷电闪烁
给她镀上金色光芒，
而狂风肆虐撕扯着
她猎猎轻纱的瞬间？
风暴迷茫中的海洋，
电闪中失色的天空，都很壮观；
但是相信我吧：那屹立峭岩的少女，
她比波涛、天空和风暴，更加漂亮。

致娜塔丽亚①

为什么我不敢把它说明？
玛尔戈最合我的胃口②。

好，连我也刚刚领教，
丘比特③是只什么鸟；
热情得让人吃不消，
我得承认——我也热恋了！

幸福的日子已然走远；
以前怎知爱情重担的名堂，
我只是生活而又歌唱，
无论剧院还是音乐厅，
游乐中或者舞会上，
我只是像轻风一轻飚；
为了嘲讽爱神，
竟然把可爱的异性
描画、取笑过一番，
但这嘲讽啊，岂非枉然？
我终于也掉进了情网，
唉，连我也爱得发狂。
讥笑和自由——统统抛在脑后，
凯图④嘛，早已经退休，

---

① 娜塔丽亚：托尔斯泰皇家歌剧院的一名女演员，出身贫寒。

② 这两句题辞摘自法国诗人肖德尔罗·D.拉克罗《致玛尔戈书简》中对法王女宠杜巴丽侯爵夫人的讽刺语，以暗示娜塔丽亚的卑微出身。

③ 丘比特：希腊神话中腋生双翅的爱神。

④ 凯图：罗马时代的禁欲主义哲学家。

而今的我成了——赛拉东①！
一见到娜塔丽亚的秀丽
赛过塔利亚②麾下的美女，
爱神之箭已射进我的心中！

娜塔丽亚，我不得不承认，
我的心里满是你的情影，
这还是我第一次害羞地说，
女性之美迷住了我的灵魂。
整日里啊无论怎样地消磨，
而你总是令我魂牵梦萦；
只有你随夜幕一起降临，
我看见，梦里依稀；
我看见，云裳仿佛，
可爱的人儿和我在一起；
她的呼吸娇怯而又甜蜜，
那颤动的酥胸，
洁白胜过冬雪，
还有那半睁半闭的双眸，
幽深无明的静夜里——
啊，多么令人激动留连！……
就好像只有我在和她交谈，
我看见了……纯洁的百合，
禁不住的战栗，苦闷难言……
醒来却依然一片幽暗，
拥聚在我孤寂的床前！

深深的，我叹一口气：
那倦慵的黑眼睛的梦，

---

① 赛拉东：17世纪初法国作家尤尔菲的小说《阿斯垂》中多愁善感的主人公。

② 塔利亚：专司喜剧的女神。

已经翩然飞去不复还。
我的热情之火，越燃越烈，
爱情的折磨令我更加疲弱。
心里追求，又有何用？
男人啊，总是掩掩遮遮，
不肯把意愿对女人表露，
而我却想把心事明说。

恋人心里胡思乱想些什么，
甚至连他们自己都不知道；
真是令人惊奇难以捉摸！
而我却愿意裹着外套，
斜戴着紧箍的小帽，
趁着月黑，效法菲里蒙
搓着阿米达温柔的小手①，
一边诉说爱情的苦恼，
一边就把她拥入怀抱！

我希望你像娜左拉②哟，
用温存的目光把我挽留，
或者让我变成娇小的罗金娜
深爱着的白发苍苍的奥倍肯③，
那被命运遗弃的老人啊
头戴假发，披着宽大的斗篷，
用他鲁莽而火热的手
在雪白的酥胸上抚弄……
我希望……但隔着海一般远，

---

① 菲里蒙和阿米达是阿伯列西莫夫的歌剧《磨坊主——爱吹牛的魔法师》中的
角色。
② 娜左拉：沙宁的歌剧《被愚弄的守财奴》中的女角。
③ 罗金娜和奥倍肯，是法国作家鲍玛赛的戏剧《西维尔的理发匠》中的人物。

我却不会凌波飞渡形随影从，
尽管我爱你爱得发疯，
但我们既然不能聚首，
我想这些又有什么用？

然而，娜塔丽亚！你不明白
谁是你温柔的赛拉东，
你也不知道，为什么
我连一丝希望都不敢怀，
娜塔丽亚啊，我还是要说出来：

我不是深宫里唯一的主宰①，
不是土耳其人或黑人奴才。
把我当成知礼的中国人
或美洲的生番也是乱猜。
别以为我是德国佬，
手拿啤酒杯，头戴着尖帽，
手卷的纸烟叼在嘴上总不离开。
别以为我是个骠骑兵
长刀在手，钢盔头戴，
我可不爱战争的破坏，
我不能为了亚当所犯的罪，
听任手中刀剑和斧乱来。

那么你是谁，絮叨的恋人
看啊，请看那高耸的围墙，
是它投下寂静永恒的阴影，
请看那紧闭着的窗棂，
还有那盏燃着的青灯……
娜塔丽亚啊，我……是苦行僧②！

---

① 指土耳其苏丹。
② 学生时代的普希金常以寺院隐喻学校，以苦行僧来隐喻自己的学生身份。

致 娜 达 莎

花团锦簇的夏天凋了,谢了;
明媚的日子也渐渐地消失,
阴沉的雾霭在暗夜里弥漫,
吞没了松林的繁叶和密枝。
啊,收割后的田园空旷荒凉了,
嬉闹的小河也变得寒冷和呆滞,
繁茂的树林也变得斑白和苍老,
就连天空也没有了云彩的装饰。

啊,我的娜达莎,我的心上人,
你在哪里? 我怎能不挥泪黯然?
难道你就再也不肯和你的爱人
共度一刻时光,敞开你的心房,
无论是在波光粼粼中放舟湖上,
还是在日落的黄昏,熹微的辰光,
或是在那暗香浮动的菩提树丛中,
没有了你的倩影,怎不令人心伤!

转眼之间,严寒的冬天就要来临,
树林和田野很快就要被冰雪冻上,
那曾经烟雾迷漫的小茅屋啊,
很快就会被熊熊的炉火照亮,
啊,我再也看不到我的心上人啦!
我将像那被关在笼中的金丝鸟一样,
独居在家里暗自哀愁和惆怅,
为思念我的娜达莎痛断肝肠!

致黛利亚

啊,亲爱的黛利亚!
我的美人,快来吧,
金色的爱情之星
已爬上天顶绽放,
月亮悄悄地下沉。
快点,阿尔古斯①已不在你身旁,
睡神已将他的双眼蒙上。

树林的深邃处
幽静的浓荫下,
一条孤独的溪流
闪着银色的波光,
和着忧郁的菲罗米拉②低声吟唱,
正是谈情说爱的好地方,
就连月亮也把这里照亮。

暗夜张开翅膀,
将把我们覆盖,
树影摇晃欲睡,
恋爱的时光总是这样令人神往。
愿望之火将我点燃。
啊,黛利亚,快点和我相会,
投入我的怀抱融入我的心房。

---

① 阿尔古斯:希腊神话中永远无眠的百眼巨人,这里暗指黛利亚的监护人。

② 菲罗米拉:希腊神话中一位雅典王的女儿,在被姐夫强奸并被割去舌头后,通过刺绣将自己的故事告诉别人,得以复仇。后变为夜莺。

黛 利 亚

是你在我的前面吗？
我的黛利亚！
和你分别后
我常常泪湿衣襟！
在我眼前的当真是你？
也许又是梦境
愚弄我的眼睛？

这个朋友你是否还记得清？
他比从前变了几分。
但是我的爱人啊，
他始终未能忘情——
他忧郁地问：
"是否还像从前那样爱我，
我的爱人？"

现在，有什么比得上
我的命运！
你的脸颊上
泪珠儿滚滚——
黛利亚羞愧得很？……
现在，有什么能够
比得上我的命运！

丽　达①

茂林幽深处，氤氲椴树香，
河滨掩高芦，银波朵朵浪，
宛如粒粒珠，随风水上浮，
倩女含羞怯，轻解绣罗衫，
随手抛将去，岸边树荫旁，
流波亲玉体，溪流闹更欢。

林中栖居者，表现太性急，
兀那小溪水，请你轻柔些！
不要再喧闹，乖乖的小溪！
不要吓着她，改变了主意！
丽达暗自警，酥胸颤微微，
水波已不戏，清风也回避。
林中归静谧，看似很和美，
神女有自信，驯顺水无欺，
但存谨慎心，逍遥也无极。

岸边树丛中，忽闻响一声，
陶然美少女，骇然已惊魂，
泠泠香汗雨，屏息看入神：
袅袅垂柳下，天鹅意娉婷，
傲然舒羽翅，丝毫不怕人，
昂首挺胸唱，逐起浪纷纷，

---

① 丽达：希腊神话中一位美丽的公主、斯巴达王后，曾经受到化身为天鹅的天神宙斯的引诱，生下两枚蛋，一枚孵出了波吕克斯和卡斯托尔（双子星座即因其兄弟得名），一枚孵出了引发特洛伊之战的海伦。

时而奋翅搏，时而舞曲颈，
时而若致意，点头把礼行。
丽达嫣然笑，天鹅更欢欣，
吟啸从容起，潇洒又率真，
忽而潜入水，掩夺玉女贞，
四野静寂寂，但闻呻吟声。
柔情甜蜜蜜，女神匿于林，
窥见天神秘，掩口暗自惊。

啊，美丽的少女终于从梦幻中醒来，
睁开眼悄然张望，禁不住神思慵懒，
她看到的竟然是鲜花铺就的合欢床，
她安静地躺在天神宙斯的怀抱里面。
不久前他们刚刚共浴爱河云狂雨颠，
领略到了与天神欢愉所带来的甘甜。

你们应该记取这前车之鉴，
美丽的处女，鲜艳的玫瑰，
你千万不要在夏日的夜晚，
独自到林荫小河中去戏水；
幽暗树林正是爱神的领地，
情涛爱浪丘比特之手掀起；
滚滚流动的河水虽然凉爽，
可爱神之箭就藏在水花里。

哥　萨　克

有一回，更深夜半，
　　　一位勇敢的哥萨克
穿过浓雾和黑暗，
　　　悄悄策马渡河登岸。

歪戴一顶黑色的小帽，
　　　灰尘沾满他的短袄，
手枪插在他的膝边，
　　　腰悬一柄着地长刀。

忠实的马儿终于解套，
　　　悠闲地向前面慢跑，
它摆着长长的鬃毛，
　　　消失在幽黑的一角。

两三间小屋顶盖茅草
　　　残破的围篱风中飘摇，
一条蜿蜒乡间的小道，
　　　连接着密林渐行渐消。

"树林里找不着姑娘，"
　　　小伙子邓尼斯心里想，
"到了黑夜，美人儿
　　　才会回到自己的闺房。"

这顿河边的哥萨克
　　　踢踢马刺紧了紧马缰，

青少年课外阅读系列丛书

马儿如离弦的利箭
　　飞速奔向茅屋的方向。

月亮躲在白云的后面，
　　把那遥远的天空照亮；
俏丽的少女独坐窗前，
　　她的样子似乎很忧伤。

小伙子一看见那姑娘，
　　心情禁不住开始荡漾，
马儿静静地左转右转，
　　终于在窗下稳住立场。

“月亮已经躲起来啦，
　　夜晚变得这样黑暗。
快给我的马汲一桶水，
　　出来吧我的美娇娘。”

“不，年轻男人身旁，
　　总是让人心里直发慌！
我可不敢给马儿提水，
　　我可不敢走出这闺房。”

“唉，别怕，美人儿，
　　和情郎亲热又有何妨！”
“黑夜里，我要提防。”
　　“别害怕！我的好姑娘，

听我说，别胡思乱想，
　　快把那虚惊丢在一旁！
别害怕啦，我的心肝！

　　别再浪费这宝贵时光。

和我一起骑上快马吧，
　　咱们去到遥远的地方，
跟我一起把快乐分享，
　　有爱的地方就是天堂。”

而少女呢，螓首低垂，
　　她按捺住内心的慌张，
怯懦地答应和他出走。
　　啊，哥萨克心儿欢唱。

策马奔驰，如飞一般，
　　男人对女人哟爱入膏肓；
他才忠实了两个礼拜，
　　第三个星期就变了心肠。

歌　者

在夜色沉沉的树林里你可曾听见
一个歌者在把爱情的苦闷吟唱？
清晨的田野四周一片宁静，
呜咽的芦管单调而又凄凉，
你可曾听见？

在荒凉昏暗的树林里你可曾遇见
一个歌者在把爱情的苦闷吟唱？
他时而微笑时而泪满衣襟，
还有那朦胧目光里的忧伤，
你可曾遇见？

倾听着那轻歌曼吟，你可曾叹息
一个歌者在把爱情的苦闷吟唱？
当你在树林里看见一位少年，
他的眼神是那样的黯淡无光，
你可曾叹息？

自由颂①

闪开，别在我的眼前卖弄，
你这西色拉岛娇弱的皇后②！
你在哪里？劈向帝王的惊雷，
那高唱自由的骄傲的歌手？
来吧，快把我的桂冠扯去，
将这柔媚缱绻的竖琴砸碎……
我要给世人唱出自由的强音，
抨击皇位上一切罪恶与秽行。

请给我指明那高贵的高卢人③
踏出来的气度恢弘的足迹，
是你以蒙受荣光的苦难之心
激励人们高唱赞歌奋勇出击。
世事无常，命运的宠儿，
专制的暴君们，战栗吧！
而你们，匍匐着的奴隶
觉醒吧，站起来的勇士！

唉，无论我看向哪里——
漫天鞭影，锁链铿铿，
法律的尊严荡然无存
奴隶们在泪雨中呻吟；

青少年课外阅读系列丛书

邪恶的权力笼盖四野，
靠着恐怖奴役的天才，
以及追腥逐臭的恶欲，
在偏见的阴霾里登基。

只有当这神圣的自由
获得强大法律的保障
百姓的痛苦和惨淡的愁云
才不会笼罩在君王的头上；
只有当法律之盾护佑众生，
权力之柄归于忠实的人民，
在平等的头颅上挥舞利剑，
无私与公正才能真正降临。

只有当正义之手高高举起，
居高临下将所有罪恶击碎，
无论是贪婪还是恐惧，
都无法让它稍稍姑息。
弄清楚啊当权者！
是法律而非上苍，
让你们加冕登基，
你们虽然能将万民踩在脚下，
但永恒之法仍在你们的头上。

灾难啊，那是民族的不幸，
倘若法律也会打起瞌睡；
如果无论是人民还是帝王，
都能将法律玩弄于股掌！
那么，请你来为我作证吧，

显赫的过错的殉难者①啊，
在不久以前喧嚣的风暴里，
你的头因祖先而被刮落。

在缄默无语的子民们见证下，
路易王昂然地走向死亡，
把一颗已被废黜皇位的头颅②，
放在背信弃义的刑台上；
法律沉默了，人民也沉默了，
当罪恶的斧头即将划落……
那些带着枷锁的高卢人啊，
却被篡逆者的一袭紫袍蒙蔽③。

我憎恨你和你的宝座，
你这个专制的暴君！
我带着残忍的欢快，
看着你和子孙覆灭。
人们会在你的额上，
读到烙印着的诅咒——
你的存在是对上帝的非难，
生命的耻辱，人间的瘟疫。

当那幽暗的涅瓦河上空
闪烁着午夜灿烂的星汉，
当人们无忧无虑蒙着头

---

①　指法国大革命中被砍头的法国国王路易十六，普希金认为路易之死是其祖先种下的恶果。

②　在普希金看来，把已被废黜的路易国王送上断头台，是革命者们不合法的暴行，而这种无视法律存在的后果，便是拿破仑上台。

③　指拿破仑的王袍。

在沉静平和的梦里睡去，
沉思中的歌者却在凝视
那座久已被废弃的王宫①，
属于暴君的荒圮的遗址，
在迷雾中狰狞地安息着……

仿佛之间，他还听见：
在那可怕的宫墙后面，
克里奥②令人心悸的宣判，
卡里古拉③临死前的情景
在他眼前是那样活灵活现。
恍惚之间，他还看见：
一群身上披着绶带和勋章，
醺醺然陶醉于酒意的恶欲，
鬼鬼祟祟走过来的刽子手，
满脸骄横，心里却很恐惧。

不忠的侍卫保持沉默，
高悬的吊桥悄然降落，
月黑风高，两扇宫门
已经被内奸悄悄打开……
可耻啊！如今的暴行！
野兽般的土耳其士兵④……
卑劣的行径就这样发生……

---

① 指米海洛夫斯基宫，暴君巴维尔一世被杀于此。

② 克里奥：古希腊神话中主司历史和史诗的神祇。

③ 卡里古拉：公元 1 世纪被近臣刺杀的残暴不仁的罗马皇帝。

④ 指东方君主们雇佣的土耳其近卫军，因其唯利是图，毫无忠诚可言，在宫廷政变中充当着重要角色。

王座上的恶棍死于非命①。

接受教训吧，而今的帝王：
无论是刑罚，或是褒奖，
血腥的囚牢，祭坛上的神祇，
都不是你们可以依靠的屏藩；
低下你们的头，首先往下看，
唯将一切置于法律之下，
让人民获享自由和安康
王座才能得到永久保障。

---

① 指巴维尔一世沙皇，叶卡捷琳娜二世女皇的三子、亚历山大一世的弟弟。

致恰达耶夫

爱情的期盼，平常的荣誉
并不能长久地把我们欺诳，
就是青春的欢乐，
也已经如梦似雾般消亡；
我们的内心还燃着希望，
在暴政的重压下，
我们依然满怀急切地想
倾听祖国的召唤。
我们忍受着期望的折磨，
等候那自由神圣的辰光，
正如年轻的恋人
等候那真诚的约会一样。
趁着我们内心的自由之火还在燃烧，
趁着我们献身荣誉之心还没有死亡，
我的朋友，把我们心中美好的激情，
全都奉献给我们的父母之邦！
相信我，同志！
幸福之星即将升起，射出光芒，
俄罗斯也将从睡梦中睁开双眼，
在暴政专制的废墟上，
将会写下我们姓名的字样！

我是自由的播种者

我是荒原上自由的播种者，
晨星出来前就已开始劳作；
用我那洁净而无罪的双手
把自由之种播洒在
奴隶们耕耘的田垄——
然而，我不过是浪费时间，
善良的意愿，辛苦也枉然……

吃你们的草吧，平庸的人！
你们不会响应光荣的召唤。
为什么要把自由赠予禽兽？
他们命该屠宰，毛被修剪。
带响铃的重轭，还有皮鞭
就是他们代代相承的遗产。

我要沉默了

我要沉默了。但在悲哀的日子，
如果琴弦能报我以舒缓的乐曲，
如果年轻人能够倾听我的弹唱，
如果你被我的苦恋感动而唏嘘，
在静谧中反复吟诵忧伤的诗句，
喜欢上我发自内心的热烈言辞，
如果你爱我，啊，亲爱的女友，
请允许我以神圣的爱情的名义，
激扬我这诗琴依依临别的乐曲。
当我了无挂碍走进死亡梦境时，
请你在我的墓前感伤地说一句：
我爱过他，给了他最后的力量，
让他有勇气唱出爱的动人歌曲。

朋友，我已忘记往昔岁月的痕迹，
忘记了在骚动中流逝的青春时期。
别问我已经不再存在的事情，
在悲伤和欢乐中得到过什么，
我爱过谁，又曾经被谁抛弃。
让我享受这欢乐吧，即使不能尽兴，
可是你，纯洁的少女，你是为幸福而生。
抓住这转瞬即逝的一刻坚信，
你是为享受友谊和爱情而生，
为了享受这令人销魂的亲吻，
你的心如晴朗的天空般纯净，
你的心盛满无忧无虑的童真。
何必要倾听我那乏味的故事？

青少年课外阅读系列丛书

它竟是那样的炽烈而又疯狂，
不由自主扰乱你心中的平静，
你会因此心为之颤泪为之飞，
也将因为轻信不再无忧无虑，
我的爱也许会让你感到恐惧。
你也许会永远……不，亲爱的少女，
我唯恐失去这最后一次欢娱。
千万别让我说出危险的话语：
今天我在爱，今天我很欢快。

致玛·阿·戈里曾娜公爵夫人

很久以前，在我的心坎里
就深深埋藏着对她的眷念，
她那转瞬即逝的顾盼，
是慰藉我心灵的欢愉。

我反复默念她所赞赏的诗句，
她反复吟诵着的，是我的诗，
悲怆感人的声音，那么真挚，
一定是，深深触动了她的心。

满怀同情，她又一次地倾听，
这饱含热泪的、隐痛的竖琴，
如今她还亲自赋予它
自己优雅迷人的妙音……

我已经很满足了！
虽然我秉性孤傲，
我仍将感怀深恩地想：
是她成就了我的诗名……

囚　徒

坐在阴湿牢狱的铁栏后面，
一只在禁锢中成长的鹰雏
扑着翅膀和我郁郁地做伴；
在铁窗下啄食血腥的食物。

它叼来啄去，向窗外张望，
好像是和我一样感到心烦。
它用眼神和叫声向我招呼：
"飞吧，老兄，是时候了——

我们是自由的鸟儿，飞吧，
飞往那云光之中洁莹的山峰，
飞往那碧波荡漾的万顷海疆，
飞往那风儿和我散步的地方……"

皇村印象

夜色深沉的帷幕张挂在轻睡的穹顶，
山谷和丛林在静穆无言中悄然入定，
远远的，如笼轻纱般，是雾中的影。
隐隐地，听溪水潺潺，流进了林荫；
轻轻的，沉睡的微风，叶子在呼吸；
幽寂的，天鹅般的月，在云间嬉戏。

瀑布如玻璃串就的珠帘
从嶙峋山岩间飞流而下，
平静的湖面上浪花微卷，
从仙女慵懒的手中飞溅；
在远处，一排雄伟的宫殿
静静地倚着圆拱直入云天。
难道是世间的神祇在这里自在逍遥？
难道这就是俄罗斯的米诺娃①的殿堂？

可不是北国的安乐乡？
景色秀丽的皇家花园？
正是这里，战败雄狮的俄罗斯巨鹰
在恬静的怀抱中长眠。
哦，我们黄金的时代一去不复返了！
想那时，在我们伟大女皇的王笏下，
快乐的俄罗斯曾经戴着荣誉的冠冕，
就像寂静中盛开的花！

---

① 米诺娃：罗马神话中的智慧女神，艺术家和手工艺人的保护神，相当于希腊神话中的雅典娜。

青少年课外阅读系列丛书

在这里，俄国人每踏一步
都能引发往昔辉煌的记忆；
环顾四周时，他会叹息说：
"一切都已随着女皇逝去！"
于是满怀忧思，坐在绿岸，
他默默地倾听轻风的吹拂。
岁月往事在眼前一一掠过，
赞颂之情油然地浮上心头。

他会看见：在万顷波涛中，
在铺满青苔坚固的岩石上，
矗立着一座高高的纪念碑，
上面踞着一只振翅的幼鹰。
还有雄伟石柱上盘绕三匝
沉甸甸的铁链和雷火电箭，
柱脚周围喧响的银浪飞溅，
然后在粼粼的泡沫里安歇。

在松树的浓荫下还有一个
朴素的纪念柱矗立在那里。
卡古尔河岸啊，它对你是多大的羞辱！①
我亲爱的祖国，荣誉归于你！
哦，俄罗斯的巨人，从战争的阴霾中
你们得到锻炼和成长，你们必将永生！

---

① 卡古尔河：多瑙河左崖的一条支流。1770年8月初，俄军在鲁缅采夫统帅下采用灵活机动、既能独立作战又能协同作战的疏散方阵，在卡古尔河谷，以不到4万的兵力阻击土耳其15万大军，并在野战中大败土军，获得以伤亡1500人的代价歼敌20000余人的战果。

哦,凯瑟琳大帝①的亲友,
世世代代将把你们传颂。

噢,你战车轰鸣的时代,
俄罗斯荣誉的见证!
奥尔洛夫②,鲁缅采夫③,苏沃洛夫④,
斯拉夫的雄纠纠的子孙们,
怎样用宙斯的雷攫取战场的胜利;
全世界都为他们的英雄业绩震惊。
杰尔查文⑤和彼得洛夫⑥铿锵的竖琴
曾经吟唱过他们。

可是你走了,难忘的年代!
另一个时代很快地降临;

---

① 凯瑟琳大帝(1729~1796年):又称叶卡捷琳娜二世,俄国女皇。出身于德国一个小公爵家庭,彼得三世沙皇的皇后,1762年在近卫军和俄国贵族支持下发动宫廷政变,囚禁彼得三世,夺得皇位。内革弊政,外拓疆土,忍辱负重18年终于使俄国跻身欧洲第一强国,并成为人类历史上空前庞大的帝国。是俄国历史上仅次于彼得大帝的一代英主,为俄国历史写下了最辉煌的一页。

② 奥尔洛夫:叶卡捷琳娜二世女皇的情人,因帮助叶卡捷琳娜发动政变而被封为公爵,未曾担任显职。他的名声更多源自一枚历史名钻——"奥尔洛夫"钻石,这枚鸽子蛋大小、出产自印度的淡黄色钻石,奥将之赠给了他的情人——二世女皇。

③ 鲁缅采夫(1725~1796年):俄国著名将领,陆军元帅。曾因在卡古尔河谷大败土耳其军队而获得"多瑙河彼岸胜利者"的称号。著有《指南》、《军规》等军事著作。

④ 苏沃洛夫(1729~1800年):俄罗斯著名军事统帅和卓越军事理论家,俄国军事学术和军队改革的奠基人。参加过反普鲁士的"欧洲七年"战争、俄土战争和欧洲反拿破仑战争,一生率部作战35次,从未有过败绩。历任步兵团团长、旅长、预备军军长、驻意大利北部俄军总司令等职,获大元帅军衔。著有《制胜的科学》一书。

⑤ 杰尔查文(1743~1816年):俄罗斯著名诗人,曾经担任沙皇的老师。其作品大多为颂诗,有《费丽察颂》《夜莺》等,对普希金的诗歌创作,产生过积极的影响。曾写出"时间的河流急遽地奔流,带走人间的一切事业和恩怨"的名句。

⑥ 彼得洛夫:十二月党人,对普希金思想的形成影响重大。

新的战争、恐怖和苦难，
竟成了人类的宿命。
穷兵黩武的手举起血腥的宝剑①，
上面闪耀着帝王的狡猾和莽撞；
血色的灾星降临在人类的头顶——
另一场可怕的战火迅速燃烧起。

俄罗斯的广阔的田野上
急流般驰过敌人的铁骑。
幽暗的草原在梦中沉睡，
土地上弥漫血腥的热气。
宁静的城乡腾起了夜火，
天空披上了赤色的云裳，
茂林掩遮着避难的人民，
生锈的锄头在田野躺满。

敌人的摧残毫无阻拦，
一切破坏了，一切化为灰烬。
别隆娜的危殆的子孙，
化作幽灵集结的大军。
或者堕入幽暗的坟墓，
或游荡在寂夜与森林……
走向迷雾一般的远方！
但是，听，有人呐喊……
还有盔甲和宝剑发出的声响！

战栗吧，异国的铁骑！
俄罗斯子孙开始前行；
不分老少，一起突袭敌人，

---

① 指发动征俄之战的拿破仑。

复仇之火点燃了他们的心。
战栗吧，暴君！你的末日已经临近，
你将见证：英雄属于每一个士兵；
要么战死在沙场，要么赢得战争，
为了俄罗斯，为了庙堂的神圣！

英俊的马儿斗志昂扬，
山谷里布满了士兵，
为了荣誉和复仇，
义愤的火填满他们的胸膛。
一齐奔向血与火的盛筵，
刀剑的呐喊在山间轰响，
锋镝铮鸣，空中烟尘弥漫，
鲜血溅泼在盾牌上。

俄罗斯见证敌人的败亡！
傲慢的高卢人往回逃窜①；
但是，上帝对这百战枭雄
还恩赐了最后一丝慰安。
我们皓首的将军没能让他就范——
噢，波罗金诺血染的战场
没能摧毁高卢人的野心与贪婪，
把他囚进克里姆林的城墙！……

莫斯科啊，亲爱的热土！
在我生命的灿烂的黎明，
我在你怀里抛掷多少宝贵的光阴，
忧伤和不幸如何说得清。
啊，你也曾面临我的祖国的仇敌，

---

① 指拿破仑远征俄国失败。

鲜血染红了你，火焰曾把你侵吞，
而我却没能为你复仇牺牲性命，
只是枉然地怒火填膺！

莫斯科啊，高楼如林！
祖国之花而今在哪里？
从前那雄伟壮丽的都城，
现在却是一片废墟；
莫斯科啊，你的荒凉让国人震惊！
沙皇和王侯的府邸都已经消遁，
烈火焚城，熏黑了金色的圆顶，
富贵如云大厦已倾。

请看那里，原来是安乐窝，
曾经是绿树环绕亭榭如林，
桃金娘飘香，菩提树摇曳，
而今却焦土一片满目疮痍。
静谧的夏夜，美妙的时光，
再也没有笑闹喧声飘过那里，
岸边和林中如灼的灯火不再，
所有的一切，死一般沉寂。

放心吧，俄罗斯皇后之城，
且看那入侵者正遭受灭顶。
如今，造物主复仇的右手
已加在他们的傲慢的脖颈。
看啊，抱头鼠窜不敢回头的敌人，
他们血如涌泉，在雪上流个不停；
饥饿和死亡，在暗夜里等着他们，
逃啊，——俄罗斯的剑如影随形。

在欧罗巴强大的民族面前战栗吧，
高卢强盗！你们竟也会跌入坟墓！
噢，恐怖得令人惊慌失措的时刻！
你到哪里去了，别隆娜①和幸运的宠儿？
你曾经蔑视法律、信仰和正义的声音，
你傲慢地想用宝剑掀翻所有皇位的企图，
却终于像清晨的恶梦般消失得无影无踪！

俄国人进了巴黎！那复仇的火把呢？
低头吧，高卢！可我却看见了什么？
俄国人待之以和解的微笑，
馈之以金色的橄榄枝之礼。
尽管战车还在遥远的地方轰鸣，
莫斯科和北国草原一样的阴沉，
但他给敌人带去的，不是毁灭——
而是援助，与泽庇苍生的和平。

啊，俄罗斯灵魂的歌手，
你是浩荡大军的吟颂者，
请用你的火热在友人中
再次奏响你铿锵的金琴！
用你的和谐把英雄弹唱，
你高贵的琴弦会在人心里拨出火焰；
年轻战士的心也将为之沸腾，震颤。

---

① 别隆娜：罗马神话中战神玛尔斯的妹妹，女战神。

皇村的橡树林

美好情感和昔日欢乐的珍藏者，
啊，你，诗人已熟稔的保护神。
记忆啊，请你为我描绘那
与我息息相关的迷人乡村，
描绘那树林，那里有我情感成熟的见证，
在那里，我从懵懂长成初谙世事的少年，
在那里，大自然和梦想教会我诗歌怡情。
让别人去歌唱英雄和战争吧，
我却孺慕这蓬勃幽静的田园。
和虚幻的英雄业绩格格不入，
我这缪斯的默默无闻的同仁
从今以后将向您——皇村秀丽的橡树林
献上安恬的诗歌和快乐的空闲。
走吧，走吧，带我到椴树林的清荫里去，
我的自由散漫在那里浑然天成，
走吧，带我到湖边去，到静谧的山坡去！
我将在那里再见野地绿草如茵、
苍劲的老树和色彩绚丽的山谷，
再见那熟稔的肥沃的湖岸美景，
还有那波光粼粼平滑如镜的湖面上，
游弋着的骄傲的泰然自若的天鹅群。

青少年课外阅读系列丛书

夜

为了你，我的歌声悒郁而缠绵，
它激荡在这幽深而寂静的夜晚。
一支蜡烛凄清地燃放在我床前，
淙淙的诗句如水从我心中流汇：
啊，爱情的溪流里满是你的身影；
黑暗里，你的眼睛对我闪亮如星，
你对我的微笑——我却听见低语声声：
我的朋友，我的爱……我是你的，我爱你！

置身于喧嚣的浮华漩涡中，
一种无望的忧郁让我厌倦，
唯有你的玉容和温柔妙音，
久久萦回着我心底的缠绵。

岁月如流水。风暴骤狂
摧残了以往种种的梦幻，
我忘了你的温柔的声音，
也忘了你天仙般的容颜。

我默默地捱过一天又一天，
在乡野里困守幽禁的暗影，
没有精神感悟，没有灵感，
没有爱情、眼泪和生命的希望。

突然间，我的灵魂被摇醒：
因为你的倩影再现我眼前，
有如纯洁而美丽的精灵，
有如倏忽之间昙花一现。

我的心在欢乐地激荡，
因为那里面苏醒的
不只是感悟和灵感，
还有爱情、眼泪和生命的希望。

致 友 人

啊，上天还会赐给你们
金色的夜晚，金色的白天，
而倦慵少女痴情的目光
也会在你们的身上留连。
欢笑吧，歌唱吧，朋友！
及时享乐吧，良宵苦短；
看你们这样欢乐无忧，
我只有带着眼泪微笑。

致 诗 人

诗人啊，请不要看重世人的喜好，
狂热的赞誉不过是一时的喧闹；
你将听到愚蠢的指责，热讽冷嘲，
可是你要平静而执着，毫不动摇。

你是帝王：自由之路上任你逍遥，
无论至哪里且随自由的心灵引导，
请致力于完善你珍爱的思想果实，
也不必为你高贵的业绩索取酬劳。

它是它的报酬。你是你的最高法官；
对自己的作品，你比谁都更能严判。
苛求的艺术家啊，它是否令你满意？

满意吗？那么任世人去责骂它好了，
只要你的圣坛之火在烧，哪管他们
唾弃，还是顽童般摇撼你的香炉脚。

先 知

被心灵的饥渴折磨不止，
我慢慢走在幽暗的荒原——
突然间，一位六翼天使
在十字路口上对我显现。
他伸出轻柔如梦的手指
在我的眼瞳上点了一点，
于是，像受惊的兀鹰般，
我睁开了先知的眼睛。
他又轻触一下我的耳朵
天籁之声在它旁边回响：
我听到九霄云天的波动，
天使在高空傲然地飞翔，
海底的怪兽在水下潜行，
还有溪谷中藤蔓的生长。
他又俯身，探进我的口
连根拔去我罪恶的舌头，
让我再也无法空谈狡辩；
接着他以血淋淋的右手
伸进我喑哑难言的口腔，
给我装上智慧之蛇的舌。
然后用剑划开我的胸膛，
一颗颤抖的心被他挖走，
取一枚烈焰熊熊的赤炭
塞进我已然剖开的胸腔。
我像死尸般躺在荒原上，
听到上帝对我发出呼唤：
"起来吧，先知！要听，要看，
让我的意志附在你的身上，
去吧，把五湖四海都走遍，
用我的真理把人心点亮。"

致 玛 莎

昨天,玛莎让我写
几节押韵的诗给她,
还许以这样的回报:
她将写篇散文应答。

我赶紧照她的旨意,
一点不敢应付拖沓,
你才七岁——那个承诺
也许还不能兑现吧。

晚会上,端坐不语,
你交叉双手真自在,
你只崇拜热闹的女神,
从这舞会飞到那舞会——

却把诗人置之度外!……
哦,玛莎,玛莎,快一些——
为了我的这四节歌,
快写出对我的酬谢!

不 愿 醒 来

美梦啊,美梦,
哪里是你的甜蜜、夜的欢快,
你在哪里? 你在哪里?
欢乐的梦,一去无踪。
我孤孤单单,从黑暗中醒来。
床的周围是沉默的夜。
爱情的幻象忽而冷却,
忽而成群结队地离开。
我的心依旧充满希望,
它在捕捉梦境的回想,
爱情啊,爱情,请听我告白:
请再把我送入梦境,
让我一直心醉到天亮,
我宁可死也不愿醒来。

欢　乐

生命的花朵还没有吐蕊
已在苦闷的幽居里枯萎，
青春偷偷地离开，
留下悲伤的痕迹。
从懵懂无知的诞生
到怀春的青春时代，
我始终不知快乐为何物，
苦闷的心里也没有幸福。

我站在生活的门槛上
焦急地向远处眺望：
我想："欢乐就在那里！"
可我追逐的只是幻象。
青春的爱情初萌，
化作温柔可爱的美人，
她展开金色的翅膀
在我的前面飞翔。

我追……但目标恁般遥远，
目标忒可爱，我却追不上！……
短暂幸福时光扇动欢乐的翅膀，
什么时候才能降临到我的头上？
什么时候朦胧如灯一般的青春
才能燃烧起来，盛放耀眼光芒？
什么时候我的人生路上的女伴
才能以微笑驱走我途中的阴暗？

回　忆

当喧嚣的一日已经万籁无声，
而在城市的静谧的广场上
漂浮着半透明的梦的夜影——
那是大白天里劳碌的报偿，
孤寂的我此时却苦闷异常
慢慢消磨辗转难寐的时光。
长夜漫漫，毒蛇般的嘶咬，
在心中愈加炽烈火烧火燎；
万缕忧思如潮般不断涌现，
纷攘拥塞在沉重的脑海间；
往日的回忆又在我的眼前
默默展开它的漫长的画卷，
我反躬自省，不禁深深憎嫌，
我战栗，我诅咒，追悔莫及，
我痛哭失声，泪如涌泉，
却洗不去词句中的悲伤。

再见吧,忠实的橡树林!

再见吧,忠实的橡树林!再见,
田野上那令人心旷神怡的静谧,
还有那纵情欢乐的日子,
它竟然如飞般一去不回!
再见吧,三山村,多少次,你
用欢乐迎候着我的到来!
我品味着你亲切的情意,
难道是为了和你们永远的别离?
我从你们这里带走回忆,
却把我的一颗心留给你。
也许(这是一个甜蜜的梦想),
我还会回到你们的山村,
还会登上三山村的山坡,
还会在菩提树荫下徘徊,
因为我崇尚无拘无束的友谊,
美慧女神①、快乐与智慧。

---

① 美慧女神:指古希腊神话中的司文艺的九位丰神秀骨、智慧超凡的缪斯女神。

生命的驿车

有时候，驿车虽已超载，
路上的奔驰却依然轻快；
那莽撞的车夫，白发的"时间"，
赶着车子，不肯从车座上下来。

我们从清晨就坐在车厢，
速度令人兴奋头脑发狂；
因为我们蔑视贪图安逸的惫懒，
我们不断催促叫喊着："快赶！"……

等日午时分，豪情已逝，
驿车开始颠簸令人心慌；
山坡弯道让我们愈加魂飞魄散；
我们叫道：愚蠢的车夫，慢点！

驿车趱行还是一如既往，
临近黄昏，我们才慢慢习惯；
瞌睡的我们来到歇息过夜的地方——
可"时间"还在一直不停地朝前赶。

经　验

即使有人能用理智
把爱情暂时地阻挡，
可他并不能用铁链
永远锁住爱的翅膀。
即使他一直板着脸，
和冷峻的智慧结伴，
可一旦淘气的爱神
把他门儿叩一叩响，
他就会和理智争辩，
情不自禁打开心房。
根据我的切身体会
这话就跟真理一样。
"别了，爱情，一路平安！
我要随盲女神①飞翔，
却忘了赫罗娅姑娘。
我要的是幸福，平静！"
我曾这样狂妄地幻想。
可是突然，哈哈一声笑
传到耳边，我四面张望……
爱神已把我的门叩响。

不，不！很明显，我无法
和爱神吵架，作路人状；
直到现在，老巴尔卡②

---

① 　盲女神：指幸福之神。
② 　巴尔卡：古罗马神话中的命运之神。

还在纺着生命的绵线，
就让他作我的主宰吧！
欢乐：就是我的原则。
一旦死亡的墓门打开，
明亮的眼睛也会黯淡，
到那时啊，再也没有爱神
肯去叩响墓穴的门环！

致巴丘什科夫

想当年我出生在赫利孔山①灵泉之眼；
是提布卢斯以阿波罗②之名为我洗礼，
希波克林的灵感之泉自幼供我畅饮，
在春天的玫瑰花丛中我成长为诗人。

活泼欢快的牧神对孩子十分欢喜，
在嬉笑的金色良辰赠我一支芦笛。
我从小勤学吹奏日以继夜不停息，
韵调虽然不美缪斯③也不觉得乏味。

你呀，欢乐的歌手，
缪斯女神的知己，
你希望并鼓励我
在荣誉之途腾飞，
告别阿那克里翁④，

① 赫利孔山：位于希腊中部。是传说中缪斯女神居住的地方，后来奉献给了太阳神阿波罗。传说赫利孔山上有两眼灵泉：阿卡那普和希波克林——人饮其水能生灵感。

② 提布卢斯：古罗马诗人，以写缠绵悱恻的爱情诗著称，对后世的影响不亚于贺拉斯。比如古罗马诗人奥维德即是在他的影响下写成《爱的艺术》——与中国《素问》、印度《爱经》齐名的三大古典爱情专著之一。阿波罗：古希腊神话奥林匹亚系中的太阳神，缪斯女神们的首领。

③ 缪斯：古希腊神话中的司文艺的女神，开始是三位美慧女神，后来增至九位，以阿波罗为首。

④ 阿那克里翁（约公元前570年～?）：希腊抒情诗人，对罗马诗人影响虽然有限，但对文艺复兴、启蒙运动时期的欧洲诗歌发展影响深远。

在马洛①后面紧随，
拨动琴弦去歌唱
疆场上血色筵席，

福玻斯②赐我的不多：
爱好，却力不从心；
远离故乡神祇的护佑，
我在异乡天空下高歌，
我害怕高飞并非偶然，
怎及伊卡洛斯③的果敢；
我要走自己的路：
正所谓"人各有志"。

---

①　马洛：古罗马诗人，英译简称为维吉尔，被后世的但丁、弥尔顿等尊崇为诗圣。

②　福玻斯：原为古罗马神话中的太阳神，后来与古希腊神话里的阿波罗相混同。

③　伊卡洛斯：古希腊传说中雅典巧匠代达罗斯的儿子，曾戴着他父亲安在他背后的翅膀在天空飞翔，一时兴起，将父亲的警告忘在了脑后，以至于在追逐太阳时，翅膀上的封蜡被太阳的烈火烤化，坠地而死。

致一位画家

美慧三女神①和灵感之子，
趁着你满怀如火的激情，
请你用巧夺天工的画笔
为我描一描我的心上人；

纯真无瑕的天仙容貌，
带着若有希冀的甜蜜，
一双明亮眼睛盛满了，
美妙绝伦的惬意微笑。

让维纳斯的丝带缠绕，
她那如同赫柏②的柳腰，
用阿利班的妙笔雕刻，
我那公主含蓄的妖娆。

透明的薄纱波浪起伏，
笼着她那丰腴的胸脯，
好让她轻柔地呼吸，
还可以暗暗地叹息。

我将为我倾慕的少女，
描绘渴望爱情的羞怯。
用幸福恋人微颤的手，
在下面签上我的姓名。

---

① 美慧三女神：即古希腊传说中的爱奥伊德（歌，声音）、米雷特（实践，情况）和摩涅莫辛涅（记忆）。

② 赫柏：古希腊神话中的青春女神。

埃芙列佳

你看那远方孤峰耸峙的悬崖，
峭壁下面有一个幽深的洞穴；
灌木丛遮盖的洞口昏暗如霾，
觑近处，浪卷涛飞急流奔泻。
月光如银的黑夜，薄雾暝暝，
埃芙列佳在这里呼唤着爱人；
那轻柔的声音飞越崇山峻岭，
在深夜里显得是那样的凄冷：

"快来吧，奥杜里夫，丛林为我伤神，
坐在荒藓残苔上，我心烦意乱地等。
我只能叹息，任心中思念如煎如焚……
啊，甜蜜的爱恋，我们曾魂牵梦萦。
快来吧，奥杜里夫，我已望眼欲穿，
只有你热烈的亲吻能愉悦我的心灵！

"快走开！奥斯加尔，你那凶狠的目光，
可怕的样子和冷冰冰的语调令我心惊。
离开我吧，别以为占有我就可以轻狂，
我已经另结新欢在夜里与我同眠共枕，
我的心上人热情地拥抱我在黎明时分，
让我在幸福甜梦中遭遇他疯狂的热吻。

"为何他还不快来满足我心中的渴望，
为了迎接心爱的人，我已脱掉了衣裳！
合欢的绣衾，我早已把它褪到了脚跟，
啊！……有人来了！他是我的心上人。
我感到心儿怦怦如潮的蜜意似水柔情，

他热烈的拥吻让我如醉如痴颠倒神魂。"
奥杜里夫来了；心中的爱浪激荡，
双目盛满喜悦，立刻忘掉了忧伤；
但在附近的黑暗中却有刀光闪闪，
他吓了一大跳——心中顿生疑念：
"你是谁？为何在这里鬼鬼祟祟？
老实告诉我，你这深夜里的毛贼！

"滚开！奥斯加尔，你这无能鼠辈，
你躲在黑暗里拽，贼眉鼠眼的无赖？
我情欲之火正烈，你休想赶我离开，
难道是埃芙列佳在山洞里把你等待?!"

顷刻间剑拔弩张，双方都在拚命，
一阵厮杀，片片刀光，幢幢剑影……
埃芙列佳听到刀剑撞击的声音，
立刻跑出山洞，吓得口呆目瞪。

"快来看看这条和你偷情的野狗"，
奥杜里夫冲着埃芙列佳大声怒吼：
"是不是你叫他到这里来寻欢作乐？
你这迷人的妖精，负心的贱货！
黑夜里，你们在一起偷欢共枕，
你等着到地狱里去寻他的阴魂！"

看着刀剑并起的双方……埃芙列佳，
恰似一团飞雪被风暴从崖顶上吹落，
全身瘫软，跌倒在光秃秃的岩石上！
两个情敌手执利剑向对方同时攻击，
两人的鲜血顺着山石往下淌，
滚到灌木丛中还垂死挣扎纠缠不放，
直到死神的严寒冻灭了他们的怒火，
埃芙列佳成了他们临终的最后呼唤。

回　声

无论是密林深处野兽的咆哮，
无论是号角声声，雷鸣阵阵，
无论是山坡那边少女的妙音，——
对这一切的一切
你都会在苍穹旷宇间
发出如斯响应的回声。

你倾听着风暴浪涛的啸声，
侧耳那雷的轰鸣，
你倾听着田野牧童的呼喊
却传来你的回答；
但是对你自己啊却没有响应……
你也一样，诗人！

少　　女

我告诉过你:要当心那娇艳的少女!
我知道,她虽无意也叫人心驰神迷。
不检点的朋友! 我知道,有她在场,
吸引着你的目光,哪还顾得上别人。
明知没有希望,还要像扑火的飞蛾,
燃烧着绵绵情意的少年围在她身旁。
他们都是幸运的宠儿,天生的骄子,
却像温顺的绵羊,向她倾诉着爱恋;
可是那骄矜的姑娘厌恶他们的感情,
低垂着明眸,不想看他,不听他讲。

题 纪 念 册

当冥想的日子如飞逝去，
世事烦嚣勾了我们的魂，
谁会记得知交的兄弟们，
还有那往昔岁月的友情？
让我在这纪念册的一角，
给它留下一点轻微的痕。

顿 河 骑 兵

我也当过顿河骑兵，
追击过土耳其敌人，
我带回家一条马鞭，
为了纪念铁血军营。
在征途上，战斗中，
我还带着一把三弦琴——
和马鞭一起挂在墙上。
我瞒着友人一件事情，
我爱上了我的女主人，
我的心里常常思念她，
所以把马鞭守得更紧。

葡　　萄

我不再惋惜玫瑰的消逝，
它已随着飘忽的风枯萎；
我喜爱的是成熟的葡萄
在山坡的藤蔓上累累下垂。
它是这金色的秋天的喜悦，
缤纷的山谷更多一些点缀；
成串的葡萄椭圆而又透明，
恰似少女的素手那样妩媚。

青少年课外阅读系列丛书

青少年课外阅读系列丛书

理智与爱情

少年达弗尼斯把多丽达追得很紧，
他叫道："美人啊，等一等；
只要你能说一声：'我爱你'，
我就不再追你，请爱神作证。"
理智告诉她说："不能说，不能！"
爱神却鼓动她："你我一见钟情！"
"你我一见钟情！"牧羊女喃喃自语。
两个人的心里于是燃起了爱情，
达弗尼斯拜倒在美人儿的脚下，
多丽达投去的目光也脉脉含情。
"快跑！快跑！"理智反复叮咛，
爱神却说："别走，快点答应！"
牧羊女没有走——幸福的牧童
握住她的小手，一直抖个不停，
他说道："看，那边菩提树下，
有一对鸽子在拥抱，在谈情。"
"快跑！快跑！"理智再次提醒，
爱神怂恿她："快学它们的样子！"
美丽的少女双唇掠过了一丝微笑，
笑得那么甜蜜，那么温柔多情。
于是她立刻投入心上人的怀抱……
眼睛里迸发出欢乐幸福的火星，
"祝你幸福！"爱神低声地说道，
那么理智呢？理智却默不作声。

海　燕

粉色的霞光，
笼罩着东方。
河那边的村庄，
已熄灭了灯光。
田野里的花草上，
露珠儿闪闪发亮。
在这柔嫩的牧场上，
跑着一群群的牛羊。
雾霭茫茫，
就像是在云间游荡。
成群结队的鹅儿啊，
奔向草地，奔向牧场。

致普希钦

等某一天，当你看到我
曾经写下这珍藏的一页，
你会为甜蜜而浮想联翩，
思绪立刻飞向皇村中学。
你会忆起早年，那飞逝的既往，
那平静的幽居，那六年的欢聚，
还有你心中的愁怅、欢乐和梦想，
朋友的争吵与和解的笑靥……
那曾有过，而不会再有的……
你还会记得初恋，
无语凝咽泪儿涟。
我的朋友，这一切如今虽已逝去……
但早年的友情并不只是梦中游戏。
在惊危的年代，在可怕的命运面前，
我亲爱的朋友，它永远也不会变！

拥　　抱

当我紧紧拥抱着
你的苗条的腰肢，
兴奋地向你倾诉
温柔的爱的话语，
你却从我怀里默然
挣脱出柔软的身躯。
亲爱的人儿，你对我
报以不信任的微笑；
可悲的负心的流言，
你却总是不能忘记，
你漠然地听我表白，
既不动心，也不在意……
我诅咒自己年少时
那些讨厌的恶作剧：
在夜阑人静的花园里
多少次的约会欢娱。
我诅咒那调情的细语，
那醉翁之意的诗句，
那轻信的姑娘们的眷恋，
她们的泪水，迟来的幽怨。

青少年课外阅读系列丛书

致一位异国女郎

我以你们不懂的语言
给你写下赠别的诗句，
可是，我却如意地盘算：
但愿能引起你的注意
我的朋友，在离别时，
我虽然伤感，却不消沉，
因为我将继续崇拜你，
朋友啊，只崇拜你一人。
你尽可向别人投注目光，
但只请你相信我这颗心，
仍像你以前信任的那样，
尽管不理解它火样的烫。

致 A.M.葛尔恰科夫公爵①

还是让阿波罗所不识的
诗人,那宫廷的哲学家,
向赫赫的权贵,卑恭地
奉献那二百节的颂诗吧;
但我,亲爱的葛尔恰科夫,
可不会像公鸡司辰报晓,
我不会铺陈浮夸的诗赋,
更不会拼凑铿锵的音调,
崇高地、精巧地、狡狯地
歌唱一些无聊的主题:
而且,要想把它改为竖琴②
我这鹅毛笔又怎么敢呢!

不,亲爱的公爵啊,不行,
我不想写颂诗向你呈献;
那有什么好,不先测探
渡口深浅,就钻进一片汪洋,
跟在杰尔查文之后飞翔?
现在,我只想为你的命名日
随心所欲地写上几句诗。
请问,我在这一刻应该
以什么作为友人的祝词?

---

① A.M.葛尔恰科夫(1793～1883年):普希金的中学同学,后来成为一名国务
活动家。

② 竖琴:是古希腊神话中众神宴会时歌功颂德以娱的乐器,这里用以讽刺御用
文人们应和献媚的谀诗。

是长寿吗，亲爱的公爵？

是子女？是可爱的妻子？

还是财富？飞腾的日子？

十字和钻石勋章的荣誉？

那我可要预祝你了

为了荣誉踏上血色征程，

桂枝与冠冕相辉映，

鼓掌之间发出战场雷鸣，

胜利时刻追随着你

就像追随古涅瓦的英雄①。

但诗人以这样的小诗

若不能把情欲来歌颂，

他最好永远遗弃缪斯！

我祷告爱神，愿你一生

能作伊壁鸠鲁②的养子，

得阿穆尔③和酒神的宠爱。

而彼岸——当斯蒂吉河④

在幽暗的远方朝你闪烁，

愿你享尽情欲的狂欢

眼里含着甜蜜的倦意，

从年轻的爱神的手里

直跳上恰隆的幽冥的船，

安息了……叶秀娃贴在胸前！

---

① 涅瓦的英雄：涅瓦河流域是俄罗斯文明的摇篮，涅瓦河边的彼得堡是沙皇的夏宫所在，因彼得大帝而得名。

② 伊壁鸠鲁（公元前342～前270年）：古希腊哲学家，主张人生应以享乐为目的，但又必须具备一定的道德与文化修养。故名之为“享乐主义”哲学。

③ 阿穆尔：即希腊神话中的丘比特，是罗马神话中的爱情之神。

④ 斯蒂吉河：指神话传说中的阻隔阴阳的界河，这边是人间，彼岸为冥界。

梦　　境

不久前一个美梦曾经让我入迷，
我梦见自己是头戴金冠的皇帝；
梦境中我那么爱你——
我的心儿欢跳如飞。
我跪在你脚下把狂热的爱情吐露，
唉，梦幻！你为何不能延长一会？
但是如今上帝也没有把一切剥夺：
我只是失去帝国而已。

我 的 肖 像

你想要一幅我的肖像，
但能比照真人的素描；
亲爱的朋友，马上就能画好，
而且描绘精妙，毕现纤毫。

我涉世不深，是个顽童，
如今正在学校；
我本来就不笨，为人诚恳，
从不玩那虚伪的一套。

我不擅长夸夸其谈，
也没戴过巴黎大学的博士帽，——
越是烦恼，越要宣泄呼号，
但这并不是我本来的面貌。

我的身材虽然不算高，
也没必要跟巨人比较；
我的脸上焕发着青春，
金色的鬈发犹如波涛。

我讨厌寂寞，憎恨孤独，
我喜欢热闹，善于社交；
除非偶尔探讨学问，
唇枪舌剑我看没有必要。

我特别喜欢看戏和舞蹈，
如果要我坦诚交代，

如果我不是还在学校，
我还会列举出更多爱好……

亲爱的朋友，通过这样的描述，
你总可以了解我的样貌；
我总喜欢表现出我本来的面目，
这应该感谢造物主的功劳。

我和猴子惟妙惟肖：
爱开玩笑，喜欢捣蛋，
举止轻狂，过于浮躁——
确实，这就是普希金的白描。

世界上最遥远的距离

世界上最遥远的距离
不是生与死
而是我就在你面前
你却不知道我爱你

世界上最遥远的距离
不是我就在你面前
你却不知道我爱你
而是明明知道彼此相爱却不能在一起

世界上最遥远的距离
不是明明知道彼此相爱却不能在一起
而是明明思念不已
却还故意装作丝毫没有把你放在心里

世界上最遥远的距离
不是明明无法抵挡这股思念
却还故意装作丝毫没有把你放在心里
而是你的冷漠如鸿沟让爱你的人无法逾越

最后一次了

最后一次了，我温柔的朋友，
我来到你的闺房里面。
在这最后的一刻，
让我们安享爱的盛筵。
枉然相思别后恹恹，
请不要在暗夜里等我：
啊，晨光破晓之前，
也不要再把烛火燃点。

青少年课外阅读系列丛书

我的红光满面的批评家

我的红光满面的批评家，讥诮人的大肚汉，
你一直都在嘲笑我们的缪斯苦涩的伤感。
来吧，请你坐上车子和我一起往前赶，
看看我们，能否处置这该死的愁怅。

瞧，这是怎样的景象：一排破矮房，
屋后一片黑土原，伸向无尽的远方，
层层阴云如铅一般，低悬在屋顶上。
哪来明媚的田野？哪来幽深的林莽？
哪来溪水？在矮篱后面的院落中央，
只有两棵可怜的小树安慰着你的眼。
啊，只有这两株，其中一棵还因为
秋天的雨骤风狂，已经凋零成光杆；
另一棵树叶子已经枯黄，浸着泪光。
只等那西风倏起，坠落污浊的水塘。

一切如是。院子里连条狗也看不见。
对了，有个农夫，两个老妪跟在后面，
他没戴帽子，臂膀下夹着小儿的棺，
正在远远地向牧师的懒小孩儿高喊，
让他去把爸爸找来，以便打开教堂——
"快点！不能再等了！早该把他埋葬。"

"啊，你的眉头为什么皱成了这样？"
"唔，不要总是东拉西扯这些荒诞，
难道你就不能让我开心快乐地歌唱？"
你上哪儿去？"我要去莫斯科走一趟。

伯爵的命名日，我可不能在这里闲逛。"

别着急，等一等！还要经过检疫！
你可知道我们这儿闹着猩红热①呢？
来吧，请坐，就像在阴沉的高加索一样。
你的忠仆守在门前——咋了，我的兄弟？
你不再嘲笑啦，啊哈，你也陷入了愁怅！

---

① 猩红热：一种可通过空气（说话、咳嗽、打喷嚏）直接传染的病毒性急性呼吸道传染病，伴随发热、咽炎和皮疹的症状，一年四季皆可发生，以冬、春两季较常见。十岁以下儿童最易感染，是一种死亡率很高的儿童疾病。

一切都已结束

一切都已结束，不再藕断丝连。
我最后一次拥抱着你的双膝，
说出的话语令人心碎，
一切都已结束——回答我已听见。
我不能再苦苦追恋你，
我不愿再欺骗我自己；
如烟往事终或忘，
曾经沧海难为水。

怒　涛

奔腾的波涛，是谁阻遏了你？
是谁用镣铐锁住你矫健的腿？
是谁把你汹涌的洪流
变成一潭昏睡的死水？
是谁用他的魔杖窒息
我心中的悲欢与希冀？
将我的青春激情麻醉，
让它们变成冰冷的寂？
怒吼吧，风！鼓起奔浪如雷，
彻底摧毁这死神统治的堡垒，
暴风雨何在——自由的象征？
请你猛扫这潭被压抑的死水！

青少年课外阅读系列丛书

雪 崩

阴郁的山岩上，浪花激越起
泡沫碎裂的飞溅，响若霹雳。
苍鹰的鸣叫在我的头上呼应，
飒飒的松林仿佛幽怨的叹息；
披着暗纱的峻岭上冰雪如银。

有一回，那里的积雪忽然崩裂，
轰隆隆，势如奔马般向下倾泻，
立刻将那峭壁之间的深谷堵塞，
捷列克河汹涌的波涛奔腾不再。

突然间，你筋疲力尽安静下来，
捷列克河啊，虽然停止了咆哮：
但折回的怒涛依然洞穿了冰雪，
以加倍的凶残吞没两岸的沃野。

崩裂的冰层集结在河道中，
凝成久久难以消融的冰盖，
冰穹之下愤怒的捷列克河，
喧腾起漫漫水烟暗流澎湃。

于是河床之上大道蜿蜒如同玉带；
牛儿缓步慢行，马儿在上面驰骋，
那是牵着骆驼的草原行商的旅程。
而如今只有空中王者狂舞的风神。

卡兹别克山上的修道院

卡兹别克山啊，你耸立在群山之上，
你那帐篷似的巍峨峰巅
闪耀着永世不灭的光芒。
你那隐藏在云彩后面的修道院，
宛如在天空中飘荡的诺亚方舟①，
在群山之上漂浮，若隐若现。
那是我所渴望的遥远的彼岸！
我多么想对山谷说一声"再见"，
登上那视野广阔的峰巅！
我多么想走进那云雾中的斗室，
从此隐居在上帝的身边！……

---

① 诺亚方舟：圣经《创世纪》中的一个引人入胜的传说。传说上帝眼见人类的恶行，决定用洪水毁灭这个已经败坏的世界，只给善良的诺亚留下有限的生灵。诺亚在上帝示意下，用歌斐木造了一条大船。在洪水来临时，诺亚不仅以之拯救了他的家人，还有许多飞禽走兽也因之得以生存。

致 凯 恩①

我记得那美妙的一瞬
我的面前出现了你
有如昙花一现的幻影
有如纯洁之美的精灵
虽然身处虚幻的困境
我的耳边还长长响着你温柔的声音
睡梦之中也可见到你那可爱的面影

许多年代过去了
狂野的激情驱散了往日的梦想
我也因此忘记了你温柔的声音
还有你那天仙般的纯真的面影
在穷乡僻壤幽禁的阴暗日子里
听凭我的岁月那样的匿迹销声
没有信仰没有灵感没有眼泪没有生命也没有爱情

如今灵魂已开始觉醒
你重又出现在我面前
有如昙花一现的幻影
有如纯洁之美的精灵
我的心跳得如此欢欣
为了她一切重又苏醒
有了信仰有了灵感有了眼泪有了生命也有了爱情

---

① 安·彼·凯恩(1800～1879 年):普希金在彼得堡和她相识,后来他被幽禁在米海洛夫村时,凯恩又来到该村附近的三山村作客,和普希金时常来往,凯恩离开时,普希金将这首诗送给她。

乌　云

啊,暴风雨后残留的乌云!
你独自曳过蓝天,
投下忧郁的阴影,
使欢乐的日子一去无踪影。

不久以前,你还密布在天廷,
任狂野的电闪纠缠你的躯体;
于是你发出隐秘的雷声,
用雨水滋润干渴的大地。
够了,闪开吧! 时令已变换,
大地已甦醒! 雷雨消逝无踪:
你看那微风轻轻抚弄树梢,
正要把你逐出平静的天空。

给　妹　妹①

挚友啊，你可愿意
我——年轻的诗人，
和你在纸上谈谈心，
并展开幻想的翅膀，
弹起被闲置的竖琴，
离开这孤寂的寺院；
这不绝如缕的寂静
如幽暗没过我头顶。
只有它和抑郁相伴，
做这修道院的统领。

你看我正迅如飞箭
想去涅瓦河边拥抱
我金色之春的知音，
正如柳德米拉②的行吟诗人——
那可爱的梦的俘虏，
我登上祖先的门庭，
想要拿给你的，不是黄金，
我本是贫寒的苦行僧，
只有以一束诗歌相赠。

我偷偷走进休息间，
尽管拿着笔，可又很为难：

---

①　这是诗人写给自己的妹妹奥尔茄·赛尔盖耶夫娜·普希金娜的，当时他的妹妹和父母住在彼得堡，而普希金在皇村中学，并把自己比作苦行僧。

②　柳德米拉：俄国诗人茹科夫斯基(1783～1852年)的民歌《柳德米拉》中的女主人公。

啊,我亲爱的妹妹,
我将怎样和你交谈?
我不知道今天晚上,
你在做着什么消遣?
是在读卢梭,还是
把让利斯①摆在面前?
或者是跟汉密尔顿②
一起嬉戏,笑个不停?
或随着格雷,汤姆逊③,
张开一双梦的翅膀,
飞到绿原听那轻风
从树林吹入山谷时,
林梢嫩叶低声的密语,
还有山涧淙淙的泉声?
或者你正把老狮子狗
放在枕上,裹上围巾,
轻轻爱抚哄它入睡,
好让它去迎迓梦神?
或者,像斯维兰娜④,
站在涅瓦河的水滨,
凝望远方沉思入神?
或者,以轻快的手指
弹奏着悠扬的钢琴,
让莫扎特⑤起死回生?
或者正以一曲清韵

---

① 让利斯(1746~1830 年):法国女小说家,写有许多劝世题材的小说。
② 汉密尔顿(1646~1720 年):法国作家,写有许多东方的神话和故事。
③ 格雷(1716~1771 年)和汤姆逊(1700~1748 年):英国诗人,作品以抒发伤感之情见长。
④ 斯维兰娜:是茹科夫斯基同名长诗中的女主人公。
⑤ 莫扎特:18 世纪奥地利作曲家。

仿效皮钦尼和拉莫①?

但无论如何,就这样,
我已经来到你身旁。
你的朋友心花怒放,
好像那明媚的春光
洋溢着无言的欢畅。
分离之苦已被遗忘,
了无悲哀厌倦的迹象。

唉,可这仅仅是梦想!
我仍然待在寺院
对着一支暗淡的烛光,
独自和妹妹笔谈。
寂寞的禅房一片昏暗,
铁闩紧插在门上,
寂静时刻监视着欢乐,
还有无聊在站岗。
我醒来时向四周张望,
一张破椅和破床,
水杯一只,芦笛一管。
梦想啊,那不过是你
赐给我短暂之欢;
是你带我去啜饮
迷人的希波克林之泉②
使我在禅房也能欢畅。

女神啊,要是没有你,
生活不知道会怎样。
我本习于繁华的梦,

①　皮钦尼(1728~1800年):意大利作曲家。拉莫(1683~1748年):法国作曲家。
②　希波克林:古希腊神话中能给人以灵感与智慧的灵泉之一。

却被命运诱到远方，
又突然置身这高墙，
如同站在忘川岸上[①]，
永远被埋葬于黑暗；
身后的栏门一声响，
美丽的大千世界啊
从此和我相隔茫茫！……
从此，我便是个囚徒，
望着外界，望着晨光，
即使太阳已经升起，
金色之光投进小窗，
可我心里依然幽暗，
没有一点欢乐可言。
当黄昏的一线天光
被天上的暗云吞噬，
只能将这夜幕怅望，
感叹又一天的消逝！……
我数着手中的念珠，
朝栏外含泪地张望。
然而，时光流不断，
石门也将会落上闩。
英俊的马儿将要腾飞
跨过河谷，越过山冈，
奔向彼得堡的繁华街坊。
我将离开幽暗的小屋，
奔向自己的山野田园，
奔向我快乐的新居所；
我将抛开禁锢的僧帽，
甘愿被开除僧籍，
直投进你的怀抱。

---

① 忘川：神话中冥府的河水，人饮其水便忘记生前一切。

奥 斯 加

在洛尔，三更已过夜色苍茫，
一个行人疲惫至极脚步踉跄，
行经墓石，他睁着慵倦的眼
枉然地寻觅安全歇宿的地方。

前不见洞穴，也不见渔帆，
遗弃的茅舍在阴森的河岸；
远方的茂林在黑风中喧响，
月亮藏云后，朝日海中眠。

他经过一块长满青苔的岩石，
看到一位年老的行吟诗人，
口中喃喃：啊，欢乐的昔日；
沧桑的前额朝着喧腾的河水，
默默无言地望着时间的流逝。
柳树枝上悬着一柄卷刃的剑，
老人冷然地打量着异乡游子，
怯懦的行者吓得打了个寒噤，
埋头往前趱行想要赶紧逃离。
"站住，站住！"歌者喝道，
"向倒下的英烈的战盔致敬！
请致敬！向墓中酣睡的勇士！"

行者低下头，行默哀礼致敬，
只觉着那山丘里跃出些幽灵，
骄傲地昂起他们染血的头颅
向异乡游人微笑着点头示意。

异乡人抬起旅杖指了指河岸，
向老人问道："那是谁的坟？"
悬崖下栖息着的箭筒和钢盔
在月光下闪烁着朦胧的光影。
老人叹道："唉，这是奥斯加，
这青年很早以前就长眠此坟。
我曾看见，他自己前来投军；
如何欢欣地等待第一次交战，
他奋勇当先，在战斗中牺牲：
安息吧，光荣战死的年轻人！

"少年奥斯加热恋着玛尔温娜，
他和她不止一次地约会谈情，
一起踏着山谷中溶溶的月色
和岸上峥嵘岩壁投下的暗影。
热情的火点燃他们年轻的心，
奥斯加的心里只有玛尔温娜；
但爱情甜蜜的日子总是飞快
悲哀的夜在他头上很快降临。

"在一个幽暗的凄清的冬夜，
奥斯加敲响了美丽少女的房门
低声说：'快开门，你的爱来了！'
茅屋里静悄悄，只有微风的哨音——
他很小心地听了听，又一次叩门：
'玛尔温娜睡了吗？四周黑黢黢，
下雪啦，束发在雾中结了一层冰，
听我说呀，玛尔温娜，我的爱人！'

"第三次，只听门儿吱扭一声。
他颤兢兢走进门。哦可怜的人！

他看见了玛尔温娜发抖的娇躯，
在她怀里兹维格尼抱得那样紧！
他眼中冒着火一般的愤怒激情。
年轻的恋人颤抖得发不出声音；
拔剑时，兹维格尼已不见踪影，
啊，这胆小鬼已经趁黑夜溜走！

"玛尔温娜抱住他的双膝乞怜，
但是可怜的人挪开了他的眼睛，
语气如冰：'活着吧，就当我是路人，
我蔑视变心，我要浇灭这火一样的情。'
说完，他默默地迈出她的房门，
从此任由无言的悲思戕毒其心——
甜蜜的梦啊，从此成碎片纷纷！
他失去了共鸣的心，孤苦伶仃。

"我曾看见这年轻人垂着头，
绝望地低声念叨玛尔温娜；
如同暗夜笼罩幽深的海洋，
悲伤啊，阴沉沉地压在他的心上。
他匆匆一瞥青梅竹马的伴，
迟钝的目光已认不出友人；
他逃避宴饮，只想找个僻静地方，
孤独地舔一舔心中的创伤。

"奥斯加度过了痛苦漫长的一年。
突然间军号声响！一支剽悍的大军

在神子芬加尔①麾下投入了战火硝烟。
奥斯加听到战报，奋不顾身毅然从军，
他在这里挥舞长剑，死神擦过他身边；
他遍体鳞伤，终于倒在这儿的尸堆上——
他的手还在寻找那把令人丧胆的长剑，
但永恒之梦已经展开双翼将勇士收敛。

"安息吧，英灵！敌人已四散逃亡
坟岗的四周，笼罩着寂静一片！
只有在凄冷无月偶尔的秋夜，
当云雾重压在崇山峻岭之上，
可见一个幽灵穿着紫色云裳
枯坐在墓石上，抑郁如暗雾般，
他的佩剑和铠甲依然在铿锵，
枫树在风中发出幽咽的声响。"

---

① 芬加尔：苏格兰诗人麦克菲森(1736～1796年)的诗作《奥辛》中的苏格兰英
雄。其原型是领导人民抗击英格兰统治的凯尔特语民歌中的爱尔兰民族英雄芬夸
尔，麦克菲森只是把他的名字改了一下，嫁接到了苏格兰。

迟开的花儿

迟开的花儿更可爱，
胜过田野上蓓蕾的初绽。
它们勾起愁绪万千，
在我们的心里低回宛转。
正如离别时的依依，
比相逢一笑更令人难忘。

青少年课外阅读系列丛书

极 乐

树林幽幽浮动着暗香；
澄澈的小溪缓缓流淌，
溪水淙淙穿过芳草地；
有个牧童坠入了情网，

夜晚时分独自歌唱，
芦笛声声时而嘹亮；
在寂静峡谷中悠扬，
峡谷萦回低沉的响⋯

忽然间，赫耳墨斯①之子
从深深的山洞里跑出来，
他崇拜巴克斯和维纳斯②，
是放纵的牧羊人的首领，
他的角上缠着玫瑰花环，
乌黑的长发缠着常春藤，
萨堤洛斯肩上披着羊皮，
羊皮上散发香浓的酒气。
山林之神快把手杖压弯，
整个身子弯得像弓一样，
正躲藏在灌木丛的后面，
侧着耳朵偷听夜半歌声，
他的头还随着节拍摇晃。

---

① 赫尔墨斯：奥林匹斯十二主神之一，是旅行者的守护神，掌管牧人，有着年轻人的朝气与活泼，擅长辩论、诗文和体育。

② 巴克斯：酒神。维纳斯：奥林匹斯十二主神之一，是掌管爱情与美貌的女神。

牧童的歌声里写满忧伤：
欢乐的日子一去不复还——
如泡如影，又像云烟过眼，
欢乐来到时，如梦似幻，
为什么又突然沉入黑暗？

"噢！每当夜色深沉，
空中一轮神秘的月亮，
幽幽的树林透着凉爽，
在寂静中进入了梦乡，
我与赫洛亚手挽着手，
在树林里从容地徜徉，
那时候谁能和我相比？
心爱的姑娘依偎身旁。

"如今生活就像坟场，
人间事寒透了我的心，
溪水呻吟，森林忧伤，
赫洛亚——把我背叛，
我已不在情人的心上！……

呜咽的笛音已然消失，
沉默的牧童不再歌唱，
荒僻的树林如死一般；
唯有小溪流浪花喧嚷，
菟丝子不停地摇又晃，
阵阵西风轻轻地吹拂，……
萨堤洛斯①忽然走出来，

---

① 萨堤洛斯：欧洲神话中的草木动物之神，经常和酒神结伴周游四方。

离开树木浓郁的阴影。
泛着泡沫的葡萄洒浆，
圆杯已经斟满了友善，
咧开大嘴豪爽地一笑，
说话声音如洪钟一般：
"你垂头丧气，心儿伤，
看一看吧，这玉液琼浆，
映着月光，透明又闪亮！
饮干这一杯——你的心
也将如此澄澈如此透亮。
相信我：哀叹于事无补，
受到挫折不要放在心上，
困境之中要跟酒神结伴。"

牧童伸手接过了酒杯，
仰起头来一口气喝干，
哈布①的威力妙不可言
痛苦与烦恼顿然消散，
心中的阴云即刻飞散！
只要嘴唇一触及酒杯，
一瞬间万物全都改变，
整个自然界生机勃勃，
幸福的青年浮想联翩！
金色的美酒饮干一杯，
第二杯又已斟得满满；
第三杯……目光迷离
四周景物已模糊一片。
这不幸的人——已经厌倦。
他垂头叹息，痛苦地说：

---

① 哈布：一种葡萄酒名。

"萨堤洛斯,请你教教我,
怎样扼住命运的咽喉?
怎样让幸福跟着我走?
我可不能够永远喝酒。"

"听我说,可爱的少年,
请你记住我的劝世良言:
一辈子捕捉欢乐的瞬间
请你记住我友好的忠告:
没有酒,哪里还有欢乐,
没有爱,幸福就是泡影,
去吧,趁着你的醉意,
去跟丘比特握手言和,
忘掉爱神给你的委屈;
在多里斯①的怀抱里,
再次品尝爱情的甜蜜!"

---

① 多里斯:希腊神话中的水仙女。

告 诗 友

阿里斯特！连你也跻身巴纳斯①！
竟然想驾驭桀骜不驯的彼加斯②；
为了桂冠，你已踏上危险之途，
你居然敢跟严苛的批评交锋！

阿里斯特：相信我吧，放下你的笔，
忘掉那凄凉的坟墓、树林和小溪；
别在冰冷的歌曲中燃烧着爱情，
快下来吧，免得你从峰顶上跌碎！
即使没有你，诗人也总够多的；
他们的诗——世人接着就忘记。
也许，就在此刻，远离了尘嚣，
和愚蠢的缪斯把永生之好交结，
在敏诺娃平静的庇护下，隐藏着
类似《蒂列马赫颂》③一样的作者，
你该害怕那弱智的诗人的命运，
他们成堆的诗行活要我们的命！
后世会给诗人合情合理的贡奉：
宾得山④上既有桂花，也有荆棘。
别沾上臭名！——假如阿波罗听说
连你也想爬上赫利孔山，他会怎样？
假如他蓬松的头摇得像拨浪鼓般，
把救人的藤鞭当做你天才的报酬？

---

① 巴纳斯：希腊神话中，太阳神阿波罗居住的地方。
② 彼加斯：希腊神话中带翅的天马，象征诗的灵感。
③ 《蒂列马赫颂》：特列夫斯基的枯燥的史诗。
④ 宾得山：希腊神山，象征诗的国度。

那又怎么样？你皱着眉头对我讲：
"请原谅，那么多废话我不想听；
只要我做出了决定，就绝不灰心，
正因为命运不济，我才拿起竖琴。
就让所有人来批评我，随它高兴，
管它怒吼喝骂，我也当定这诗人。"

阿里斯特：诗人并不只是凑韵律，
尽管你拿笔乱涂，用纸毫不吝惜。
要写好诗可不能像维特根斯泰因①
像他战胜法国人那样地应手得心。
固然有狄米特里耶夫、杰尔查文②、
罗蒙诺索夫③：俄罗斯不朽的骄矜，
既给我们教益，又健全我们的理性，
可是，有多少书啊刚出生就送了命！
凑韵托夫、伯爵弗夫的轰响的诗篇
还有沉闷的比布罗斯在书铺里腐烂④，
谁还记得他们？没人看那胡言乱语，
阿波罗的诅咒在他们身上留下烙印。

假定说：你幸运地爬上了宾得山，
又公正地得到一个诗人的头衔，
大家对你的作品，也都感到满意。
那么你是否会认为：那时候的你
就能财源滚滚，就因为你是诗人，
那时你咳一声就能包收国家税金；

---

① 维特根斯泰因(1768～1842年)：参加击败拿破仑之役的俄国将军。
② 狄米特里耶夫(1760～1837年)：俄国诗人。杰尔查文(1743～1816年)：俄国诗人。
③ 罗蒙诺索夫(1711～1776年)：俄国文学家和科学家。
④ 凑韵托夫、伯爵弗夫、比布罗斯是普希金起的三个绰号，戏指"俄国文学爱好者座谈会"中的三位诗人：西赫蒙托夫、豪斯托夫伯爵和巴普洛夫。

铁柜里储满了金币，只要一侧身
就可以吃喝还能安安静静地养神？
亲爱的朋友，作家可不这么有钱；
命运既不会给他们大理石的宫殿，
也不会给他送上装满金条的铁箱；
地下的陋室，高楼顶上的阁楼间——
这就是他们的创作间和辉煌的宫殿。
人人颂扬诗人，唯杂志将之供养，
幸运女神的车轮总驰过他的身旁。
卢梭①赤身而来，又赤身走进坟场：
卡门斯②和贫民做伴睡在一张床上，
柯斯特罗夫③在阁楼里孤寂地死亡：
经由陌生人的手把他送进了坟场。
声名只是梦想，生活是一场苦难。

现在，你好像开始有点顾虑和踌躇。
你说："为什么把一切说得如此刻毒？
我们本来可以围绕着诗好好谈一谈，
可你却像再世的久文纳尔④一样不满。
既然你连巴纳斯山的姊妹⑤也要争论，
为什么在教导我的时候还要用这诗行？
你的精神正不正常？我对你该怎么讲？"
阿里斯特，别多讲，这就是我的答辩：

我记得一位年老的牧师，住在乡里，
头发花白，心满意足而且正直无私。

---

①　卢梭(1670～1741年)：法国抒情诗人，鞋匠之子，死于流放和贫困中。

②　卡门斯(1524～1580年)：葡萄牙诗人，死在救济院中。

③　柯斯特罗夫(1750～1796年)：俄国诗人，一生贫困。

④　久文纳尔(60～130年)：罗马讽刺诗人，他的诗尖刻地讽刺了当时罗马社会
的罪恶和风习。

⑤　巴纳斯山的姊妹：指缪斯女神。

他在纯朴的俗人中间度过他的一生。
很久以来，人们说他是智者的头名。
有一次，他参加婚礼，喝了几大杯，
傍晚的时候走出来，带着几分醉意；
恰巧在路上，他碰见几位耕作的农民。
这些傻瓜对他说："喂，您好，神父，
你告诫我们这些罪人，说喝酒不好，
你老叮嘱我们一定要保持头脑清醒，
我们信了你：可是，瞧你自己怎么……"
"听我说，"牧师对那些庄稼汉说道，
"我在教堂里传道，你们一定要遵行，
你们活得很好，可——不要学我酩酊。"

现在，我也想用这句话作你的答复，
是的，我不想改正自己，一点也不：
只有对诗没有嗜好的人，才能幸福，
他生活平静，不必思虑也没有痛苦；
他不必给杂志投递没有生命的颂诗，
或者为了即兴诗，作几星期的苦思！
他不喜欢在巴纳斯山的高峰上散步；
也不追逐纯洁的缪斯、烈性的彼加斯；
玛卡珂夫①拿起笔来也不会让他吃惊：
他快乐平静。阿里斯特啊，他不是诗人。

可是，道理已经讲清——我很担心，
这讽刺的笔调让你难堪，你不爱听。
亲爱的朋友，我的建议你看行不行：
你肯不肯沉默，放下你的芦笛？……
通盘考虑一下吧，两者随你选：
出名固然好，平常心更加难能。

① 玛卡珂夫(1765～1804 年)：俄国批评家，属卡拉姆金的一派。

浪　漫　曲

在一个凄风苦雨的秋夜里，
一位少女在荒野中踯躅流泪，
她用一双瑟瑟发抖的手，
把不幸的爱情之果依偎，
山川林莽——一切悄无声息，
万物都在昏暗的夜色中入睡；
她怀着十分惊恐不安的心情，
神色紧张地环视着山野周围。

她深深地痛苦地叹了一口气，
目光倾注在不幸的婴儿身上……
"睡吧，我的孩子，我的宝贝，
你不知道母亲的心多么伤悲，
等你睁开眼睛时一定会哭泣，
因为你将不再偎依在我怀里，
明天你再也见不到你不幸的母亲，
她再也不会亲吻你那娇嫩的脸庞。

"你向她招手呼唤又有何用！……
可是我永远洗不去我的罪孽和耻辱——
你会永远忘掉自己的母亲……
可我要受一辈子思念之苦！
不相识的人将会把你收养，
他会说：'你不属于我们的宗族！'
你会问：'我的生身父母在哪里？'
但你却因找不到双亲而放声痛哭！

"我的可怜的孤儿将带着满腹忧愁，
在别人的孩子中间忍受孤独之苦！
并且会终生怀着悲哀的心情，
看着别人的母亲把子女爱抚；
你到处都是一个流浪的孤儿，
你会诅咒这个世界的不公和残酷，
你会听到人们的嘲讽和冷酷的责骂……
到那时，宝贝，请原谅你的生身之母！……

"也许，你这个悲哀的孤儿，
会去寻访到和拥抱你那生身之父！
唉！他在哪里？我那个负心郎，
那个我到死也忘却不了的负心之徒？——
到那时，你就安慰这个痛苦之人吧，
并且告诉他：'她忍受不了生离死别之苦，
劳娜已经告别了这个残酷的世界，
已经投身到那个凄凉的阴曹地府，
你悲哀的目光会使我感到震惊！
难道我连自己儿子也不能够相认？
唉，但愿我这悲哀凄切的恳求
能够打动那铁石心肠的命运女神……
但也许你会从我的身边擦肩而过——
从此我们永世不再相逢，永远离分。

"你睡吧，我不幸的孩子啊，
最后一次再紧紧地偎依在我的胸前，
这人世的不公，这严酷的法律，
注定了我们要永远地受苦受难。
趁着你年幼无知，岁月还没有
把你那不知道忧愁的欢乐驱散——
睡吧，我亲爱的孩子！不要让辛酸

和悲衰搅扰你无忧无虑地度过童年!"

但此时月亮突然从树林后面升起,
照出她身边不远处的一幢小房……
她满怀激动而紧张的心情抱着孩子,
朝着那间小房奔去,脚步匆忙,
弯下身子把孩子悄悄地,悄悄地
放在了不相识的人家的门槛旁,
然后怀着惊恐的心情转过身去,
消失于苍茫的夜幕,再也不敢回头张望。

假如生活欺骗了你

假如生活欺骗了你，
请不要忧郁，也不要愤慨！
身处逆境要学会克制，
快乐的日子就会到来！

我们的心憧憬未来，
现实总是令人悲哀。
一切都是暂时，一切都会过去，
而那逝去的也会变得美丽可爱。

为了怀念你

为了怀念你，我把一切奉献：
那充满灵性的竖琴的歌声，
那伤心已极的少女的泪泉，
还有我那嫉妒的心的颤动。
还有那明澈的情思的纯美，
还有那荣誉的光辉、流放的黑暗，
还有那复仇的念头和痛苦欲绝时
在心头翻起的汹涌的梦幻。

致 丽 达

当美妙的黑暗将帷幕
静静地笼在人们头上，
当时间推动着指针，
在缓慢的钟面徜徉，
当万籁俱寂中，
爱情还未入睡，——
我再一次离开那
囚室密实的穹顶，
来在你的居住地……
根据我的急促的脚步，
根据充满情欲的沉默，
根据大胆的颤抖的手，
根据急促激动的呼吸，
以及滚烫温柔的双唇，
请认出你的情人，——
激情时刻已降临！
哦，丽达，那该有多好啊，
即使在狂热至极时死去！

青少年课外阅读系列丛书

安娜克利翁的坟墓

一切已神秘地安歇，
山坡披着一层幽暗。
一弯新月穿行云间。
我看见一只七弦琴
在坟头甜美地安睡；
偶尔的悒郁的声音
仿佛在倦慵中低回，
在死寂的琴弦飘荡。
我看见斑鸠在琴上，
摆弄着玫瑰花冠和酒杯……
朋友啊，请看看这人间
熄灭了情欲的智者，
在墓石斑驳云影里，
石斧让他死而复生！
他对着明镜慨叹道：
"我老了，来日无多，
我要赶快享受这人生，
它呀并非永久的馈赠！"
于是他举起手抚着琴，
眉头皱着重重的心事，
原本想歌唱战争之神，
却唱出了人间的爱情，
他准备把陈年的旧债
最后一次向自然还清，
老人跳着优雅的圆舞，
想要掐灭心中的欲焰。
围绕在白发情人身边，

少女们曼声唱舞蹁跹；
从光阴的铁公鸡那里
他偷来吉光片羽一点。
缪斯和美的女神终于
把宠爱的人送进墓门。
啊，玫瑰花和常春藤，
编织起来的一点游戏
也随着他消失了踪影……
他就像云彩一样离去，
正如爱情完美的梦境。
世人啊，生命如水月，
快抓住这一晌的欢情；
莫使金樽空对，
尽情享受生命；
纵情奔放不羁，
在沉醉中安息！

青少年课外阅读系列丛书

恋人的话

我听丽拉对钢琴弹奏；
她那美妙缠绵的歌声
使人感到悒郁的温柔，
有如夜晚轻风的飘拂。
泪水不禁从眼眶滑落；
可爱的歌手且听我说：
"你悒郁的歌声很迷人，
可我的恋人的只字片语
比丽拉的歌声更加煽情。"

希望之火

希望之火在血液中燃烧，
我为你魂牵梦萦，
亲我吧！你的吻
比美酒和芳脂更加香醇。
欢乐的一天逝去，
夜晚的大幕降临，
把你蝾首靠在我的怀里，
让我也能睡安稳。

青少年课外阅读系列丛书

在自己的祖国的蓝天下

在自己的祖国的蓝天下
她已经憔悴，枯萎凋零……
也许，一个年轻的幽灵
正翩然起舞飞在我头顶；
而难以逾越的沟壑阻着我们。
我徒然地激发自己心中的情：
从冷漠的唇边传来她的死讯，
我也冷漠地听，如东风过耳。
这就是我热恋过的心爱的人，
我的爱是那么炽烈而又深沉，
那么温柔，又那么郁闷烦心，
那么疯狂，又那么苦涩难言！
痛苦在哪儿，爱情又在哪儿？
念兹在兹啊，我的心中盈盈，
为了那个可怜的轻信的灵魂，
为那些一去不返的甜蜜回忆，
我没有流泪，也没有受责备。

冬天的道路

透过一层轻纱薄暝，
月亮泼洒下它的幽冷，
它凄清地照着一片树林，
在林边荒凉的野地上投映。

在冬天枯索的路上
三只猎犬拉着雪橇飞奔，
一路上叮叮当当的铃声，
响得那样单调又那样的倦人。

车夫悠扬的歌里
携着别样的乡土气息；
它时而是欢乐奔放的粗野，
时而流露出内心忧伤的滋味……

看不见茅舍暗影，灯火明灭，
唯有那茫茫冰雪、荒原野地……
一条漫漫的长路在眼前，
迎面扑来，又向后退去……

我的心儿恹恹……明天，
妮娜呀，明天我要坐在火炉边，
忘怀于一切，而且只把
把亲爱的人儿看过一遍又一遍。

我们将等待时钟滴嗒地
走完有节奏的一圈，

等午夜驱散讨厌的人群，
那时我们缠绵缱绻。

妮娜：我郁闷这路的漫长，
我的车夫也已困倦无言，
一路上车铃儿单调地响，
浓雾已遮住了月亮的脸。

向 往 荣 名

每当我在爱情与幸福之中沉迷。
屈着膝，和你脉脉无语地相对，
每当我望着你，念着你是我的——
你知道，籍籍荣名我是否在意。
你知道：自从浮华世事中逃离，
便不愿再被这诗人的虚名负累。
树欲静而风不停，我绝不再听
遥远的谴责和扰攘夸赞的声音。
难道我还计较人们的裁判品评？
每当你向我低垂着倦慵的视线，
你的纤手轻轻在我的头上抚摸，
悄悄地问：你快乐吗？还爱我吗？
告诉我，你不会如爱我般爱别人？
我的爱人，你永远不会把我遗忘？
那时的我只能保持着无语的窘困，
幸福之感把我的心儿满满地充盈，
我想那可怕的别离永远不会来临……
可是，转眼间一盆冷水把我浇淋，
眼泪、痛苦、诽谤、变心，纷纷……
天哪，我怎么了？站在那里发愣，
就像荒野之上遭受到电击的行人，
眼前一片黑暗令我震惊。而如今
一种前所未有的渴望烧着我的心：
啊，我渴望，渴望这赫赫的荣名，
只为这喧嚷声在你耳边时刻提醒，
只为让你周围的一切烙上我的名；
也许，经由这种传播荣名的途径，
你会默默地想起我的最后的恳请——
当我们在花园之夜，惜别的时分。

青少年课外阅读系列丛书

心　　愿

我的日子过得这样滞重迟缓，
每过一刻，我的沉郁的心上
爱情的不幸与悲伤随之增长，
勾起我心中种种疯狂的幻想。
但我沉默依然，没人听我的抱怨；
我在暗中流泪，泪就是我的慰安。
心中的思念让我痛断了肝肠，
眼泪里包含令人心酸的快感。
飞吧，生命的翅膀！我毫不挽留，
飞吧，缥缈的幻想，飞向那沉渊；
我珍惜这爱情折磨出来的伤——
就算死，也要让我死于缠绵。

三 泓 泉 水

在荒凉无垠的人间草原上，
秘密地奔流着三泓泉水：
一条青春的涌泉，湍流激荡，
它淙淙汩汩地奔跑，闪着光。
卡斯达里之泉卷起灵感之浪，
滋润着草原上流亡者的心房。
最后一泓啊——寂灭的寒流，
熄灭心灵之火的甘美的良方。

你憔悴而缄默

你憔悴而缄默；忧郁在折磨着你；
啊，那少女的唇边也失去了笑意。
很久以来，你总独坐在那里发呆，
懒得用针把花朵和图案刺绣出来。
啊，那少女的悒郁我却很熟悉，
我的眼睛早就读懂你心中的爱，
别隐瞒啦，你和我，同病相怜，
温柔的少女也恋爱，激动难捺。
告诉我吧，谁是那幸福的少年——
那个英俊的少年，卷卷的黑发，
蓝蓝的眼？……你已飞霞满腮？
我虽不说，却知道所有的一切；
只要我愿意，就叫出他的名来。
他是不是经常在你家附近徘徊？
目光流连在你的窗台？
你也偷偷地把他等待。
他走了，你跑出门外，
望着他的背影直发呆。
欢乐的节日，明媚的五月，
一群少年驾着华丽的马车，
自由奔放的少年啊，任凭你爱，
谁肯勒住意马，不让它跑起来？

再　　生

笨拙的匠人以昏钝的笔触
把一幅天才的图画糟蹋坏，
但凭自己浅薄的见识胡来，
在原画上肆意地乱涂乱改。

随着年代，格格不入的色块
干枯的鳞片般剥落下来，
天才的作品因而在我们面前
呈现出自身原来的光彩。

虚妄无知的我也是如此，
经过心灵的痛苦的洗礼，
立刻进入一个新的境界，
把往日最初的纯真寻回。

康 复

我见到的是你吗，亲爱的朋友？
难道这是在迷迷糊糊的梦里？
难道是病痛的幻觉把我欺诳？
在这疾病的阴霾笼罩的时刻，
是你，我床前的温柔的姑娘，
哪来这身笨拙的可爱的戎装？
是你，真的是你，
我终于看到了你，
无神的目光透视着
戎装里熟悉的美丽：
我呼唤着我的女友
低声细语柔弱无力……
但是在我的意识里
又聚拢起夜的回忆，
我伸出软弱的手臂
在黑暗中把你寻觅……
我滚烫的额头突然间感觉到
你的眼泪、湿吻和你的气息……
这种感觉是永远难以磨灭的！
生命之火袭上心头激越无比！
我的血在沸腾，我的心在战栗……
而你却像美丽的泡影一样消失！
狠心的！你用陶醉灼痛我心肺：
来吧，让爱情把我毁灭！
在这寂静的美妙的夜晚，来吧，
神奇的女郎！让我再看一看你，
庄严的军帽下那一泓蓝天秋水，

斗篷、腰带和军靴装饰的秀腿。
别迟疑,快来,我美丽的军人,
快来吧,我在等着你。
诸神以康复作我的厚礼,
还附赠我以烦恼的甜蜜——
隐秘的爱情青春的游戏。

春 天

春天,春天,爱情的节气,
你的到来给我以沉重打击,
在我心中,在我的血液里,
勾起如此多的痛苦和陌生。
所有的狂欢和所有的春光,
只会让我更加厌倦和愁闷。
请给我狂野肆虐的暴风雪,
还有那幽暗的漫长的冬夜!

冬天的早晨

冰霜和阳光。多美妙的白天！
妩媚的朋友，你却还在安眠；
是时候了，美人儿，醒来吧！
快睁开被安乐蒙蔽的睡眼，
出来吧，作为北方的晨星，
快把北国的朝霞女神会见。

你可曾记得昨夜风雪满天，
阴沉的天空笼罩一片幽暗；
发黄的月亮遮在铅云后面，
仿佛是夜空里苍白的斑点，
而你却百无聊赖闷坐一边——
可是现在……啊，请看看窗子外面：

蔚蓝天空下，
白雪如绒毯，
在原野上铺展着耀眼的灿烂，
只有透明的树林稍显得发暗，
枞树枝头的绿色透过了白霜，
冰冻的小河上闪着晶晶的光。

整个居室透着琥珀似的亮
刚生火的炉膛内噼啪作响，
这时，躺在床上遐想真妙。
然而，你是否该叫人尽早
把棕色的马儿套上雪橇！

青少年课外阅读系列丛书

亲爱的朋友，一路顺风
让我们在晨雪上滑行，
由着马儿的烈性奔腾，
去访问那空旷的田野，
那不久前葳蕤的树林，
那河岸，我更觉得可亲。

竖　　琴

无论欢娱还是无聊的时候，
我常常寄怀于竖琴，
让我的热情、狂妄和慵懒
发出腻死人的声音。

即使如此，我还是不自觉地
中断这狡狯的琴声，
每当你庄严的歌喉突然响起，
总是深深打动我心。

我会意外地泪如雨下，
因为你那芬芳的妙音，
滴下纯洁神圣的灵泉，
愈合我心灵上的伤痕。

而如今，你从精神之巅
伸出手来把我接引，
用那水一般的柔情
把我狂野的心抚平。

心里燃着你的火焰，
弃绝尘俗阴暗的扰攘，
以便诗人在敬畏中
倾听六翼天神的琴音。

青少年课外阅读系列丛书

独　处

有福之人居住在僻静的庭荫，
他远离无知者吹毛求疵的噪音，
他把日子分配给了悠闲和辛勤，
时而回忆，时而在希冀里陶情；
命运给了他一些友好的知音，
使他避开了（感谢老天发善心？？！）
无论是让人恹恹欲睡的蠢蛋，
还是那令人愤懑的无耻小人。

枉然的馈赠

一八二八年五月二十六日①

枉然的馈赠，偶然的馈赠，
为什么把你给了我——生命？
换一句话说，为什么你又
被神秘的命运判处了死刑？

是谁凭借不怀好意的权柄
从缥缈之中召唤我来降生，
在我心里填满情感的成分，
以疑惑消磨我可怜的理性？

我前途渺茫看不到希望：
心灵空虚，头脑空荡荡，
唯有生活的单调的喧嚣
还有折磨我肝肠的忧伤。

---

① 这一天是普希金的生日。

幻 想 家

你将在痛苦的激情中分享；
你要乐于放纵泪水的流淌，
乐于用枉然的火折磨想象，
在心中静静地将忧愁隐藏。
天真的幻想家啊，你不懂爱。
哦，如果你打算追逐伤感，
必先沾上爱情可怕的疯狂，
当爱的毒液肆虐在你血管，
失眠的夜会变得特别漫长，
你躺在床上，忍受愁苦的熬煎，
你还在召唤那骗人的安详，
徒劳地把哀伤的眼睛闭上，
你痛哭着，拥抱冰冷的衾，
你憔悴在愿望失落的疯狂，
请你相信我，但凡到那时，
你便不再把爱情往脏里想！
不，不！ 你会泪湿衣裳，
拜倒在情人高傲的裙边，
你会颤抖，失色，发狂，
你会冲着诸神高声叫嚷：
"诸神啊，请把我的理智交还，
把这该死的幻象从我面前驱赶！
爱已让我受够，请赐给我安详！"
可是那刻骨铭心的爱情的滋味，
你永难摆脱如同附骨之蛆一样。

预　　感

我的头上又有乌云在悄悄地集结；
那嫉妒的命运又以灾祸将我威胁。
我是一如既往地待之以轻蔑？
还是以我青春傲人之力御敌？

我已受够了生活扰攘的折磨，
冷静地等候着暴风雨的发作。
也许，我还能够获救，
找到一个避风的港口……
但是我预感到了别离，
可怕的时刻难以回避，
我要赶紧着握一握你的手，
这是最后一次，我的天使。

温柔的天使，娴静的天使，
请你悄悄地说一声：再会。
伤心吧：瞬一瞬
你脉脉温情的眼，
你在我心里
留下的印记
可以代替力量、骄傲、希望
还有青春岁月的豪情壮志。

青少年课外阅读系列丛书

致 某 某

不不，我不该，我不敢，我不能
再疯狂地沉湎于爱的激情；
我要严格守护自己的宁静，
不愿再让热情迷失了心灵；
不，我已爱够；但是为甚，
我仍时不时地陷入那迷城？
当年轻的纯洁的理性光辉
偶尔经过我身边时，
为什么会一晃而逝？
……难道我已无法
怀着忧伤的激情欣赏姑娘，
用眼睛追逐着她，并静静地
祝她幸福，祝她身心欢畅，
衷心希望她一生顺顺利利，
无忧无虑悠哉悠哉地度日，
祝福一切，甚至她相中的人，
那个将称呼她为妻子的人?!

咏托尔斯泰警句

在黑暗和卑鄙的生活里
他曾经久久地沉沦，
他以自己的腐蚀，长期地
玷污世上的每一寸。
可是，当他逐渐心回意转，
却只把自己的羞遮掩，
如今呢，他——谢天谢地——
不过是牌桌上的老千①。

青少年课外阅读系列丛书

---

① 老千：在赌博中耍手段作弊的人。

致一位希腊女郎

你生来就是为了
点燃诗人们的灵感，
你惊扰、俘虏了那想象，
用亲切活泼的问候，
用奇异的东方语言，
用镜子般明澈的眼，
用那玉足挑逗放浪……

你生来就是为了爱情，
就是为了激情的酣畅。
请问，当莱拉的歌手……
怀着憧憬天堂的梦想，
描绘他忠贞不渝的心，
那痛苦的可爱的诗人，
再现的莫非是你的形？

也许，在那遥远的国度，
在希腊神圣的天幕下，
那充满灵感的受难者，
见到了你，像是在梦境，
于是他便在心灵深处，
珍藏起这难忘的身影？

也许，那巫师迷惑了你，
把他幸福的竖琴拨响；
一阵不由自主的震颤，
掠过了你自尊的胸膛，

于是你便靠在他肩上……

不,不,我的朋友,
我不愿这样嫉妒地想;
我已经距离幸福很远,
当我重新享受快乐时,
忧愁却将我折磨出了暗伤,
我担心:凡可爱者均无忠肠。

海 的 女 神

在曙光下，当碧浪热情地飞吻
塔弗利达，我看见了海的女神。
我躲在树丛，憋住气不敢出声，
只见这下凡女神的年轻的酥胸
洁白如天鹅，浴着明亮的水雾，
我见她从头发上挤出一团泡沫。

心 的 执 著

我们的心多么执着！
……它又感到苦恼，
不久前我曾恳求你
骗去我心中的爱情，
以同情，以虚伪的温存，
在你的妙目中注入灵光，
好来作弄我驯服的灵魂，
给它输入那毒药和火焰。
你同意了，于是那妩媚
像清泉充满你倦慵的眼；
你庄重而沉思地蹙着眉。
你那迷人的谈心，
时而温存地应许，
时而又将我严禁，
这一切都在我心灵深处
镌刻下永不磨灭的印痕。

云 卷 云 舒

成卷的白云飞驰，裂开了碧空，
悒郁的维纳斯啊，黄昏的金星！
你把银辉洒上枯萎的平原、
幽黑的山岩和沉睡的河川。
我爱你在天穹的微弱的光，
它唤醒我久已沉睡的思想。
我记得，熟悉的星啊，升起在
那一切怡人的温煦国度里，
谷中颀长的白杨昂然傲立，
温柔的桃金娘郁柏已沉睡，
而南方的海波欢快地哂嬉。
在那山间，曾经珍藏我的思想，
对着大海，懒懒地消磨着时光，
当夜的暗影悄悄爬进村居——
年轻的姑娘正在暗中寻你，
她用自己的名字招呼伴侣。

小　鸟

在异邦，我虔诚地遵循
祖国的古老的风俗：
在一个明朗的春天节日，
一只小鸟被我放出。

我感到一丝欣慰；
为什么要对上天埋怨不休？
至少凭我的能力，
让一个生命重新获得自由。

在西伯利亚矿井深处

在西伯利亚矿井深处，
请你们永远坚守信念，
你们的汗水不会白流，
崇高目标更不会沦落。
"灾难"的忠实姐妹——"希望"
即使在阴暗的矿山里
也会唤起你们的豪情，
迎来渴望已久的荣光。
爱情和友谊将会冲破
黑牢来到你们的身旁，
就像我这自由的歌声
飞进你们苦役的牢房。
沉重的枷锁将会打碎，
牢狱将变成废墟一片，
自由将热烈欢迎你们，
兄弟们也会送来利剑。

小 花

我在书中发现一朵小花，
它早已枯萎失去了芬芳；
受此启发我打开了心窗，
涌现出各种奇妙的想象。

它开在何处？哪一年春天？
它开了多久？谁把它摘下？
朋友的手指？旁人的刀剪？
把它夹在这里又是为啥呢？

是为纪念温情的约会，
还是纪念命定的别离？
或者回忆孤独的漫步
在林荫下，在田野里？

他是否活着？她是否健在？
如今他们在什么地方？
或许他们也已经枯萎，
像这神秘的小花一样。

冬天的晚上

暴风雪给天空抹上泼墨，
雪花在旋风中翻飞起舞。
狂风时而如野兽般地吼，
时而又像婴儿似的啼哭。
茅草在风中悉悉索索，
时而像迟归的旅行者，
在自家的门窗上哗卟。
我们这座破旧的茅屋
那么寒碜，那么阴暗，
老妈妈呀，你为什么
呆坐在窗前默默无言？
是不是暴风雪太猖獗，
已把你吓坏，我的奶娘，
是不是你那纺车吱呀，
催着你把梦神眉毛猜？
来一杯吧，是你陪着我
度过贫苦的青春岁月，
给我杯酒把愁绪浇灭，
如此一来心头会松快。
为我歌一曲，唱唱山雀
如何在海外默默生息，
为我歌一曲，唱唱少女
清晨里如何打来井水。

暴风雪给天空抹上泼墨，
雪花在旋风中翻飞起舞。
狂风时而如野兽般地吼，

时而又像婴儿似的啼哭。
来一杯吧，是你陪着我
度过贫苦的青春岁月，
给我杯酒把愁绪浇灭，
如此一来心头会松快。

短　剑

勒诺斯①岛的火神把你锻造，
交给不死的涅墨西斯②掌管，
惩罚的短剑，你是自由的秘卫，
你是为人类雪耻伸冤的最高法官。
如果宙斯的雷不响，法宝打盹，
你就把人们的诅咒和希冀兑现，
你可以隐藏在皇帝的宝座之下，
也可以暗藏在美丽的华服里面。
如地狱的光，如天神的闪电，
你无言的冷锋刺痛恶人的眼，
于是他张皇四顾，浑身打颤，
连宴饮时也会小心把你提防，
无论何时何地，你都能突袭：
不管陆地海洋还是庙堂营帐，
或者是隐秘的城堡，
或者是家中的床上。

---

①　勒诺斯：希腊神话中的岛名，赫淮斯托斯因为支持母亲赫拉，反对父亲宙斯而被流放到这小岛。

②　涅墨西斯（意为"复仇"）：在希腊神话中被人格化为冷酷无情的复仇女神。根据赫西俄德的《神谱》，她由夜神纽克斯所生，经常服务于赫拉。

青少年课外阅读系列丛书

鲁比肯河在恺撒①的脚下奔流，
强大的罗马的法制名存实亡，
可酷爱自由的布鲁斯②擎起剑，
刺翻罗马的独裁者——恺撒死了，
依坐在庞贝的大理石雕像旁。
暴政的子孙们掀起一阵逆流，
自由就这样被野蛮砍去了头，
丑陋的刽子手站在尸体一旁，
卑鄙、阴狠的对手血迹斑斑。
死亡的信徒不断把祭品
向劳累不堪的地狱奉献，
但最高的裁判却把你和，
欧墨尼得斯③派到他身边。
啊，正直的青年，命定的勇士，
啊，基德，断头台上燃尽生命；
但是，在你死去的尸骨里
却保存着圣洁美德的声音。
在你的德国，你是永恒的英灵，
你用灾祸来威胁一帮有罪的人，
而在你庄严肃穆的坟上，
无名的短剑放射着寒光。

---

① 恺撒（公元前101～前44年）：罗马共和国末期杰出的军事统帅、政治家。公元前60年与庞培、克拉苏秘密结成前三头同盟，随后出任高卢总督，花了八年时间征服了高卢全境（大约是现在的法国），还袭击了日耳曼和不列颠。公元前49年，他率军占领罗马，打败庞培，集大权于一身，实行独裁统治。制定了《儒略历》。他带兵打仗几十年，指挥过几十个战役，大都是以少胜多，出奇制胜。他的战略思想和战术原则为西方许多著名军事统帅诸如拿破仑等所效法，对西方军事学相应措施的发展做出了杰出的贡献。他曾与幕僚共同著书立说，主要有《高卢战记》、《内战记》、《亚历山大战记》、《阿非利加战记》等。

② 布鲁斯：罗马贵族议会议员，因不满恺撒的独裁，公元前44年领导一些议员刺杀了恺撒。

③ 欧墨尼得斯：罗马神话中的复仇三女神。

我耗尽了我自己的愿望

我耗尽了我自己的愿望，
我不再爱它，梦想也消失，
只有痛苦还烙在我心上——
那是空虚的心灵的果实。

在残酷的命运的风暴里
我鲜艳的花冠已经凋零，
我的日子孤独而又忧郁，
我在等着是否了此一生？

就好像初冬的凛冽的风
飞旋，呼啸，在枯桠的枝头
孤独地——感受寒冷的迟暮，
一片弥留的叶子在颤抖……

恶　魔

以前，日常生活的一切感应
对于我是那么强烈、新颖，
无论少女的顾盼，林中之声，
还是深夜人静时夜莺的鸣——
那时候，种种高贵的感情：
自由、光荣、爱、艺术的灵感，
都那样奋力在血液中沸腾；
但充满希望和激赏的时刻
却突然笼上了忧伤的阴影：
不知哪来一个邪恶的精灵
从此开始偷偷地把我访问。
我们的巧遇实在令人痛心：
啊，他的微笑刻毒的言语，
他的那双洞穿人心的眼睛，
在我心里注进冰冷的毒鸩。
他总是以无穷无尽的诽谤
勾引着我预见未来的眼睛；
他把美唤作非真实的幻想；
他不信自由、爱情，蔑视灵感；
他对人生斥之以热讽冷言——
自然界中，竟没有一件事物
能让这恶魔开口道声祝福。

青少年课外阅读系列丛书

阿　里　翁

我们许多人同舟共济，
有人用力把风帆扯紧，
有人划动牢固的木桨，
在大海深处齐心协力。
干练的舵手负责掌舵，
默默驾驶满载的小艇。
而我满怀乐观和信心，
给水手们唱歌儿鼓劲……

突然海面上风狂浪翻，
舵手和水手不幸遇难！
只有我这神秘的歌手
被狂风浪抛上了海岸。
我仍然如从前般高唱，
在一块峻岩危石下面，
把我浸湿的衣裳晾干。

青少年课外阅读系列丛书

是的,我幸福过

是的,我幸福过;
是的,我享受过;
我沉缅于激情与安乐……
可欢快的日子哪儿去了?
梦境消逝得如此匆匆,
欢爱与美色转眼成空,
无聊的晦暗重又笼罩了我!……

玫　　瑰

我的朋友，
我们的玫瑰在哪里？
玫瑰花儿谢了，
这朝霞的爱女。

不要说：
青春也会凋零！
不要说：
人生本来如此！

告诉花儿：
别了，她让我怜惜！
请向我们指点
百合花的娇姿。

你　和　我

你富贵，而我却是赤贫；
你毫无风趣，我是诗人；
你红光满面，像是罂粟，
我苍白消瘦得像个死人。
你这一辈子无愁可品，
你住的是高楼和美居；
而我整日价奔波苦闷
在一根草上苟延残命。
你每天吃着美味珍馐，
自在逍遥地痛饮着酒，
你总是在透支着生命
不肯把应付的债还清；
而我这块面包干又硬，
啃完之后再把生水饮，
还得为了明显的需要，
从顶楼向百丈之外奔。
你被成群的奴仆包围，
你的眼神里写满暴政，
你使用精细的白棉布
揩你那又肥又大的臀；
我可不能小孩子似的
惯坏了我的罪孽之根，
赫瓦斯托夫的颂诗尽管生硬，
皱着眉头，将就着擦擦还行。

青少年课外阅读系列丛书

缪　斯

在我小时候，她就喜欢上我，
还赐给了我一支七管的芦笛。
她面带微笑把我的吹奏聆听，
我已经学会用纤弱灵巧的指
按住芦管上的小洞发出乐音，
奏响诸神启示的庄严的赞歌
和弗里几亚牧人宁静的小曲。
从早到晚，在橡树林的清荫，
我专心致志聆听神女的教诲，
她偶尔给我奖赏，让我高兴，
她额际的一缕卷发真是撩人，
她从我手中接过这支芦笛时，
神秘的气息让芦笛充满生命，
我的心儿因此陶醉在这神圣。

水　手

大海的勇敢的水手啊,我真羡慕你
在帆影下,在风涛里度过你的一生!
头发花白的你是否已经找到了平静
在港湾里享受一刻安闲恬适的温馨?
然而,那诱人的波浪又来把你叫醒!
过来吧:我们心渴望着同样的激情。
让我们离开颓废破旧的欧罗巴海岸,
遨游在那遥远的天空,遥远的地方。
我在地面住厌了,渴求另一种自然,
让我跨进你的领域吧,自由的海洋!

每当我漫步在热闹大街上

青少年课外阅读系列丛书

每当我漫步在热闹大街上，
或者走进信徒众多的教堂，
或者在狂热的少年中小坐，
我都会沉浸在深深的遐想。
我要说，岁月飞快地流淌，
无论我们这里有多少人，
总免不了将来命归黄泉，
而且有的人大限已不远。
每当我把孤独的橡树凝望，
我的心里不禁要想：再见！
我将为你挪出生存的地方：
我的腐烂，成就你的芬菲。
每一天，每一年，我总是
在深深沉思中将它们度完，
我未来的忌辰是哪一天，
我总是竭力地把它猜想。
命运将会让我死在何方？
海上，旅途，还是战场？
也许是临近葱茏的山川，
将我这冰冷的遗骸埋葬？
虽然我的躯体无知茫然
在哪里腐烂还不是一样？
但我还是想让它安息在
我喜爱的地方，在它身旁。
让那些热情年轻的生命
在我的墓门前轻舞曼唱，
让寂静的大自然在那里
将永恒之美悄悄地绽放。

致巴奇萨拉伊泪泉

我终于离开北国，
长时间告别酒筵，
来到巴奇萨拉伊，
拜访了沉睡在被遗忘中的宫殿……

啊，朋友，我看见了谁的幽灵？
请告诉我，是谁的温柔的情影
就跟在我的后面，
那么执着，那么深情？
是玛丽亚圣洁的灵魂
前来把我看望，
还是满怀醋意的莎莱玛
在荒凉的后宫里游荡？……

我忘不了那迷人的目光，
忘不了那永铭人间的美艳，
整个心飞去她的方向……
在被放逐中将她思想——……

爱情的喷泉，生命的喷泉！
我给你带来两朵玫瑰。
我爱你那绵绵的絮语，
爱你饱含诗意的眼泪。
把你那亮晶晶的水珠，
洒在我身上，如冰冷的甘露：
啊，喷吧，喷吧，快乐的泉水，
潺潺地诉说你的故事……

爱情的喷泉，悲哀的喷泉！
我叩问在你的大理石上：
我看到了对这远古邦国的礼赞，
但是玛丽亚怎样了？你却不响……

你是后宫暗淡的一颗星！
难道在这儿你也被遗忘？
难道玛丽亚和莎莱玛
不过是诗人美丽的想象？

难道她们只是梦中幻境
在幽暗的荒原之中
是自己瞬间的影子，
还是心灵的模糊的憧憬？

巴奇萨拉伊泪泉

颉利坐在那里，目光幽黯，
琥珀烟嘴里冒着浓烟；
卑微的臣僚鸦雀无声
围在威严的可汗身边。
宫廷里面死一般沉寂，
所有的人都毕恭毕敬。

人们提心吊胆的原因是：
从可汗阴云密布的脸上，
看到了忧烦怒恼的表现。
骄傲的帝王已很不耐烦；
摆了摆手，那一群臣僚
便躬着身子，退出金殿。

他独自坐在宏大的殿里，
才可以比较自如地呼吸，
在他宽宽的严峻的额上，
内心的激动才变得清晰，
如同海湾明镜般的水面
映照着滚滚翻腾的云翳。

什么让那高傲的心激荡？
他的脑海里到底怎么想？
是否又要向俄罗斯开战？
还是要把法令传到波兰？
是心里燃烧着血海深仇？
还是在军中发现了叛乱？
难道他担心着绿林好汉？

或是热那亚的诡计多端？

不是的。他已厌倦了战场
无意风光；威武的手臂
也已经疲倦。他的思想
跟战争已没有一点关联。
难道是另外的一种祸乱
经由罪恶之途潜入宫墙，
难道宫闱里幽闭的嫔妃
有人把心许给了邪教徒？

不是的。颉利怯懦的妻妾
连这么想想都没有胆量；
她们受到的监督很严厉，
像花儿一样悄悄地开放；
她们在枯燥无聊中沉寂
哪里会知道偷情的滋味。
她们的美貌已被安全地
囚禁在了牢狱的阴影里，
就好像是阿拉伯的花卉
在玻璃暖房里遮得很严。
她们一天天消磨着时光——
呵，悒郁的岁月永无休息，
眼看自己的青春和爱情
不知不觉地白白地浪费。
她们的日子单调地重演，
每一刻钟都是那么迟缓。
后宫里的生活异常懒散，
很少能够看到一张笑靥。
年轻的嫔妃无精打采，
便想出花样打发时间，
不是更换华丽的衣裳，

便是玩游戏,聊聊天,
或者成群结队地漫步
在淅沥沥的水流旁边,
俯视清澈见底的泉水,
在枫树的浓荫下流连。
阴狠的太监围绕如蝇,
想要躲开他怎么可能;
他竖着耳朵双目圆睁
时时都把她们身盯紧。
就靠着他不懈的努力
永恒的秩序才能建立。
可汗的意志主宰着他;
就连可兰经神圣教言,
也没能如此严格皈依。
他从不期望别人怜惜,
他就像一具牵线木偶,
却要承受人们的唾弃,
憎恶,以及凌辱戏谑,
轻蔑,和轻轻的叹息,
忧惧满脸,义愤满嘴。
他很熟谙女人的心理;
无论你故意还是无意,
狡猾的他都一一洞悉
温柔的眼神,含泪的咒诅,
早已引不起他的同情,
因为这一切他都不信。

夏天里,年轻的嫔妃
任由轻柔的鬈发披垂,
青春之躯泡在泉水里,
她们让那泉水的清波
奔流姣好诱人的胴体,

而他，太监，寸步不离
看她们笑闹；视若无睹
从不把这尤物放在心里。
在幽暗的夜晚，他常常，
轻跷着脚尖在宫里巡行；
他轻踩地毡，推开便门，
溜进卧房，挨着个检点
卧床上沉沉昏睡的嫔妃
做着什么旖旎的美梦，
有什么呓语可以偷听；
凡是喘息，叹息，哪怕最轻的
颤动，他都深切地注意；
只要谁在梦中，唤着外人的
名字，或者对知心的女友
略微吐露了罪孽的思想，
那她就算触着了霉头！
但颉利的心里为什么忧烦？
他手中的烟袋早已灰暗；
太监在门旁静候着命令，
动也不动，连出气都不敢。
沉思的可汗从座位起立，
门儿大开，他默默无言地
向不久以前还受宠的
那些嫔妃的禁宫里走去。

她们正坐在光滑的绒毡上
环绕着一座飞溅的喷泉，
一面在一起彼此笑谑，
一面无心地等待可汗。
她们充满了稚气的喜悦
看着鱼儿在澄澈的水中，
在大理石的池底往来游泳。

有人故意把黄金的耳环
掉在水里，和鱼儿作伴。
这时候，清凉芬芳的果汁
已由女奴们依次传递，
而突然，整个的内廷
响起了清脆美妙的歌声：

鞑靼人的歌

一

上天降给人间的报应
是无穷的眼泪和不幸；
老阿訇好福气，因为在迟暮之年
他去参拜了麦加圣城。

二

有谁在著名的多瑙河滨
战死之后留下不朽英名；
他好福气，因为天国的少女
会热情地笑着向他飞奔。

三

但更为幸福的却是他
他爱恬静的你，呵，莎莱玛！
在后宫的幽寂里，拥抱你，
像拥抱着可爱的玫瑰。

她们唱着。但莎莱玛在哪里，
那后宫的花朵和明星？
呵，她却在悲伤，脸色苍白，
一点听不见对她的歌颂。
像是棕树受着雷雨的吹打，
她俊俏的脸正低低垂下。

再没有什么引动她的心，
因为颉利已厌弃了莎莱玛。

他变了心！……但是有谁能
和你比美，格鲁吉亚的女郎？
你的一对媚人的眼睛
浓过黑夜，又比白日明亮，
在你洁白如玉的额前
盘绕着两匝乌黑的发辫；
有谁的声音比你更娇柔
透出心中火一般的欲念？
有谁的热吻更能比过
你的噬人的吻的灵活？
那曾为你陶醉的心
能够再去迷恋别人？
然而颉利，自从波兰的郡主
被他关在宫禁里面，
就变得无情而又冷酷
不把你的美貌放在心坎，
而宁愿一个人，闷闷地
守着寒冷孤寂的夜晚。

年轻的郡主玛丽亚
还是刚刚在异邦居留，
在故国，她的花一般的容貌
也没有争妍很久。
她愉悦着父亲的晚年，
他为她感到骄傲和安慰。
凡是她的话无不听从，
女儿的心意是父亲的法典。
老人的心里只有一桩事情：
但愿爱女终身的命运

能像春日一样明朗；
他愿意：即使片刻的悲伤
也别在她心间投下阴影；
他希望她甚至在出嫁以后
也不断想起少女的青春，
想起快乐的日子，那么甜蜜，
像一场春梦飞快地逝去。
呵，她的一切是多么迷人：
安静的性格，活泼而柔和的
举止，倦慵而浅绿的眼睛。
这美好的自然的赋与
她更给添上艺术的装饰：
在家中的宴会上，她常常
弹奏一曲，使座客神往。
多少权贵和富豪，一群群
都曾跑来向玛丽亚求婚，
多少青年为她在暗中神伤。
然而在她平静的心坎
她还不懂什么是爱情，
只知在家门里，和一群女伴
嬉笑，游玩，度过无忧的光阴。

但是才多久！鞑靼的铁骑
像流水似的涌进了波兰：
转眼间，就是谷仓的火
也不曾这样迅速地蔓延。
原是一片锦绣的山河
给战争摧毁得破碎零落；
太平的欢乐不见了，
树林和村庄一片凄凉，
高大的王府也已空旷，
玛丽亚的闺房寂然无声……

青少年课外阅读系列丛书

在家祠里，那威武的祖先
还在做着寒冷的梦，
但新的坟墓，悬着冠冕
和纹章，又添在他们旁边……
父亲安息了，女儿已被俘，
刻薄的强人承继了王府，
整个河山到处荒凉，
在重轭之下忍受着屈辱。

唉！年青的公爵女儿
关在巴奇萨拉的宫里！
玛丽亚无言地憔悴，
在禁宫里忧伤地哭泣。
颉利对她忽然发了慈悲：
她的悲哀，呻吟，眼泪，
惊扰了可汗的短促的梦。
而为了她，他放宽了
后宫里的严禁的法令。
不分昼夜，嫔妃的监守人
都不许走进她的寝宫，
他那好事的手，也不得
强迫她在床上入梦，
他那无礼的眼睛绝不敢
在她的身上来回逡巡。
沐浴的时候，她和女奴
独自安排了另外一处，
就连可汗自己，也不愿
惊扰她的悒郁的孤独。
她住在宫中远远的一隅
和别的人们没有往还，
就好像在那一块地方
隐藏着一位绝世的天仙。

在那里，日夜有明灯一盏
供奉着圣母的肖像，
她怀着这种虔诚的信仰——
是悲哀的心灵唯一的慰安，
寂寞的岁月仅有的希望。
她常常怀念美好的故土，
她想起那些远方的女伴
不由得滴下羡慕的泪珠；
这好像当周围的一切
都已沉沦在荒淫之中，
独有奇迹拯救的一隅
掩护了庄严的圣灵，
因此，她的为魔影侵扰的心
尽管四周的罪恶在欢腾，
却独自保持了神圣的约言，
和仅有的高洁的感情……
…………

在愉快的塔弗利亚原野上，
夜来了，铺满了它的黑影；
远远的，从桂花静穆的浓荫里，
我听见了夜莺的歌声，
在星群的后面，一轮明月
爬上了清朗无云的高空，
而把它的倦慵的光
流泻在树林，山谷和丘陵。
在巴奇萨拉的街市上，
像幽灵似的轻捷，飘忽，
头戴着白纱，掠来掠去，
是一些纯朴的鞑靼主妇，
她们挨家访问，好生匆忙，
为了消磨夜晚的时光。

青少年课外阅读系列丛书

皇宫静极了，奢靡的内院
在温柔乡里没有一点波动。
没有任何声音来打破
夜的寂静。只有太监，忠心耿耿
还跑来跑去，不断巡逻。
现在他也睡了，但内心的惊恐
就当睡眠也不把他放过。
时时防范别人的责任
不给他的脑子一点安宁。
他仿佛忽而听见低语，
忽而呼叫，忽而蟋蟀的声音，
半真半假，令他扑朔迷离，
他醒来了，全身都在战栗，
把受惊的耳朵竖起来细听……
但周围的一切又趋于平静；
只有淙淙悦耳的泉水
从大理石的洞隙不断进涌，
还有那躲在玫瑰花丛的
夜莺，正在黑暗里歌唱……
太监侧耳听了许久
不知不觉也堕入梦乡。

呵，富丽的东方之夜，
你幽暗的景色多么撩人！
你的时光流得多么甜蜜，
对于先知穆罕默德的子民！
他们有温柔的家室，
他们的庭园多么美丽，
幽静的是无忧的内廷
承受着月光的沐浴；
一切都神秘而又安闲；
一切充满着美妙的灵感！

··········

嫔妃都睡了，只有一个人
不能入睡，她屏着声息，
悄悄起来，用慌乱的手
推开门，便在幽暗的夜里
轻踮着脚儿向前走去……
在她面前，白发的太监
正在战战兢兢地睡眠，
嘿，他的心可是铁面无情，
他的假寐可能是骗人！……
但她像个幽灵，走了过去。

··········

她停在门前，有些茫然，
她的手儿有些颤抖
摸到了那结实的门环……
她走进来，惊惶地张望……
恐怖的暗流沁入心坎，
暗淡地照着一座神龛，
照着圣母的慈祥的脸
和神圣的十字架，爱的象征。
呵，你格鲁吉亚的女郎！
这一切又使你想起故土，
这一切突然以遗忘的声音
模糊地说出了往时情景。
郡主就静静地在她眼前
安睡着，啊，那少女的梦
把她的双颊烧得多么红润，
她的脸上正闪着轻微的笑
和潮湿的新鲜的泪痕；
她像是为雨水重压的花朵

在月光之下闪着光辉，
像是伊甸乐园的安琪儿
从天上飞来，在这里安睡，
而在梦中，为了可怜的
幽禁的少女，流着眼泪……
呵呀，莎莱玛！你怎么了？
可是心头悲哀的重压
使你不由得在床前跪下？
"可怜我吧，"她说，"可别拒绝
我的恳求！"她的动作和话声
搅醒了少女的恬静的梦。
玛丽亚睁开眼，惊异地看见
一个陌生的少妇跪在面前；
她手儿颤抖，惶然无措，
赶紧把她扶起，向她说：
"你是谁？……在这深夜里，
你来做什么？"——"我来求你，
救救我吧，在我的命中，
我只剩了这一条路走……
我曾经一天比一天快乐……
但是，欢乐的影子逝去了，
我就要完了。请听我说。

"我不是这里人。在那很远，
很远的地方……过去的事情
直到如今，在我的记忆里
还留下了深深的印痕。
我还记得那巍峨的山峰，
那峭石间沸腾的水流，
那杳无人迹的茂密的丛林，
异样的法律，异样的风俗。
然而，究竟是怎样的命运

使我离开故乡飘零
我已经忘记。我只记得
茫茫的大海，和在船帆上
高踞的水手……

我至今也没尝到过惊恐和悲伤；
我一直在宫闱的幽寂里
像含苞的花静静开放。
我的全心在伫候和向往
爱情的朝露。这难言的心愿
终于如意地实现了，颉利
习于安适，厌弃了血战；
可怕的讨伐都一一停顿，
他的顾盼又转向后宫。
我们忐忑不宁地被领到
可汗面前。他明亮的目光
默默无言地停在我的身上。
他把我唤去……从那时候
我们便在不断的欢娱里
呼吸着幸福的气息。
从没有谗言使我们痛苦，
也没有猜疑或恶毒的嫉妒，
我们彼此从不感到厌腻。
玛丽亚！可是你到了这里……
唉，从那时候起，他的心上
便暗存着非分之想！
这颉利转眼便已不同，
对我的责备充耳不闻，
我的哀怨徒然使他厌倦；
往日的温柔已无处寻找，
他和我再也不絮絮密谈。
自然，你不是这罪案的同谋，

青少年课外阅读系列丛书

我知道，你一点过错也没有……
可是，听呵，我的美貌
整个后宫没有人能比，
也许，只有你能够和我匹敌，
然而，我生就的儿女情长，
你不会像我爱得发狂，
你又何必以冰冷的姿容
搅乱他那脆弱的心？
把颉利给我吧，他是我的，
我的嘴唇还烧着他的吻，
他曾经和我海誓山盟，
他所有的思想和欲望
早已和我的同心相共，
他若变心，我只有死亡……
我哭了，看哪，我已经跪在
你的脚前，我不敢说你错，
只望你还我宁静和欢乐，
别拒绝我吧，我求你，
把从前的颉利交给我，
他不过是为你迷住了心。
回避他吧，随你用什么手腕，
恳求，蔑视，或者表示厌烦，
请你发个誓……（尽管我
因为住在可汗的嫔妃间
用可兰经代替了往日的信仰，
但我母亲的却和你一样，）
请你就凭基督向我发誓
把颉利一定还给莎莱玛……
但听着：如果我必须
对你不利……我有利剑一把，
别忘了：我生在高加索山下。”
说完了，人立刻消失，

公主也不敢前去跟踪。
这种痛苦而热情的语言，
纯洁的少女一点也不懂，
然而她却模糊地听出，
那是奇异而可怕的呼声。
呵，应该用怎样的眼泪和哀求
才能使少妇不致蒙羞？
是什么命运等待着她？
难道她就将是遗弃的婢妾
苦苦挨过青春的年华？
呵，天！如果颉利能够遗忘
不幸的少女，把她丢在一边，
或者就让她迅速地夭殇
把悲哀的岁月一刀割断！
那么玛丽亚会多么愿意
脱离这个苦恼的人间！
对于她，人生珍贵的刹那
早已去了，早已不再回返！
在这荒漠的世界里，她还有
什么留恋？去吧，这正是时候：
天国在等她，平静的拥抱
和会心的微笑，在向她招手。
············

岁月流逝着，玛丽亚去了，
转瞬间，这孤儿已经长眠。
一个陌生的安琪儿，光彩夺目，
她去到那久已盼望的乐园。
是什么把她带进了坟墓？
是绝望的幽禁的哀愁，
是疾病，还是另有缘由？
谁知道？温柔的玛丽亚去了！

黯淡的后宫满目凄凉，
颉利对它又变了心肠，
他率领浩荡的鞑靼大军
又去攻打异国的边疆。
阴沉的，毒狠的他重新
在战争的狂飙中往来驰骋，
然而，在可汗的心底里
却燃烧着沉痛的感情。
常常地，在血战厮杀中，
他舞起军刀，突然呆住，
他失神的眼睛尽在张望，
苍白的面孔异常惊惶，
嘴里喃喃不停；有时候
痛苦的热泪泉水似地涌流。
被遗忘，被弃置的后宫
从此不见了颉利的踪影；
那里，终生含怨的妃子
受着太监严酷的监视，
也一天天地衰老下来。
格鲁吉亚的女郎早已不见；
是在郡主去世的那一夜，
她也终结了痛苦的煎熬；
她被后宫沉默的守卫
投进了茫茫大海的深处。
呵，尽管她有怎样的罪过，
这惩罚也太惊人，太残酷！——

可汗一路燃起了战火
使高加索诸国变为荒凉，
也毁尽了俄罗斯平静的村庄，
然后他回到塔弗利达
择定宫中幽静的地方，

为了纪念薄命的玛丽亚，
用大理石建筑了一个喷泉。
在泉顶，高高的十字架下
悬着穆罕默德的新月弯弯
（自然，这是个大胆的结合，
是无知的可笑的过错）。
上面有铭文，风雨的吹打
还没有剥去石碑的字迹。
在这异国文字的花纹下，
在大理石中，泉水在呜咽，
它淅淅沥沥地向下垂落
像清凉的泪珠，从不间断；
像慈母怀念战死的男儿，
在凄凉的日子忍不住悲伤。
在那里，年轻的姑娘
都已熟知了这凄绝的纪念
和它隐含的一段衷情，
她们给它起名叫做"泪泉"。

我辗转地离开北国，
早已忘了那里的华筵。
我访问了巴奇萨拉
那湮没无闻的沉睡的宫殿。
在寂寥的回廊之间
我反复徘徊：就在这里
那暴虐的可汗，人民的灾星，
在他恐怖的攻占以后，
曾经尽情享乐，欢腾地宴饮；
在无人的宫阙和花园里，
如今还看到安乐的遗迹。
泉水在喷涌，玫瑰开得嫣红；
架上绕着葡萄的枝藤，

而金色的墙壁依然灿烂。
我望着那残旧的雕栏：
在这里，嫔妃们曾经数着
琥珀的念珠，用悲叹
静静消磨了她们的春天。
我望着可汗的陵墓：
呵，这君王的最终的居处。
这些竖立在墓前的华表
——戴着大理石的冠冕，
像是在清晰地朝我道出
命运的神圣的裁判。
可汗在哪里？后宫又在哪里？
我的四周沉郁而幽静，
一切都变了……但是我
却没有多想这些事情，
泉水的清响，玫瑰的花香
使我不由得把一切遗忘。
忽然，我的心里充满了
一种难以捉摸的激动，
在宫院里，我恍惚看见了
一个飘忽的少女的身影！
············

呵，我看见了谁的影子，朋友！
告诉我，是谁的美丽的倩影，
那么不可抗拒，那么轻柔，
默默地跟在我的身后？
可是那纯洁的灵魂，玛丽亚，
在这里显圣，或者是莎莱玛
仍旧满怀嫉妒和烦恼，
在空旷的内宫里徘徊萦绕？
我想起了同样可爱的目光

和那依旧鲜艳的容颜，
流放中的我对她深深怀想，
我的全心都飞向她的身边——
呵，痴人！够了！快些打住，
再别让无望的死灰复燃，
对于这坎坷的爱情的春梦
你已付出了够多的苦痛。
想一想，你吻着你的枷锁
才有多久，你以絮絮的琴弦
向世人弹出自己的烦乱？

皈依了缪斯，皈依了恬静，
我忘了荣誉，也忘了爱情，
呵，我要很快地再来看你，
沙尔吉尔快乐的河岸！
我要攀登你沿海的山峦
重温种种亲切的回忆，
而塔弗利达海岸的波涛，
也将再任我放眼欢愉。
呵，醉人的景色，多令人神怡！
一切明媚如画：山峰，树林，
葡萄架上的红宝石和琥珀，
清泉的寒流，白杨的阴影，
山谷里堆积着缤纷的颜色，
一切都引动旅人的心。
一切召唤他：在高山上，
在静谧的晴朗的早晨，
他可以任随识途的马
奔驰于沿海的山坡小径，
而在阿犹达的悬崖之上，
他还能望着碧绿的海波
喧嚣奔腾，闪着光芒……

酒神之歌

为什么欢乐的声音喑哑了？
响起来吧，酒神的重叠的歌唱！
来呀，祝福那些爱过我们的
别人的年轻妻子，祝福柔情的姑娘！
斟吧，把这杯子斟得满满！
把定情的指环，
当啷一声响，
投到杯底去，沉入浓郁的琼浆！
让我们举手碰杯，一口气把它饮干！
祝诗神万岁！祝理性光芒万丈！
哦，燃烧吧，你神圣的太阳！
正如上升的曙光之前，
这一盏油灯变得如此暗淡，
虚假的学识啊，你也就要暗淡、死亡，
在智慧的永恒的太阳前面。
祝太阳万岁，黑暗永远隐藏！

青少年课外阅读系列丛书

十月十九日

树林脱落了紫色的衣衫，
枯干的田野闪着银白的霜，
白日仿佛不情愿地出现，
随即溜到群山的后面隐藏。
炉火啊，烧吧，在我凄凉的一角，
还有你，酒啊，秋寒的伴侣，
快把酩酊的快慰向胸中倾倒，
我要把深刻的痛苦暂且忘记。

四周冷冷清清：没有一个朋友
可以和他畅叙久别之情，
或者可以彼此衷心地握着手，
举杯互祝长远的健康、昌盛。
我独自酌饮；在我的脑海中
我枉然呼唤着每一个友伴，
门外听不到熟悉的脚步声，
我的心也没期待他们出现。
我独自酌饮；今天，在涅瓦河边
友人们也会把我的名字提起……
然而，你们可有很多人在欢宴？
你们念到谁没有把数凑齐？
有谁背弃了这可喜的传统？
有谁被冷酷的社会引离你们？
在兄弟的叫嚷中，谁已经无声？
谁没有来？谁是那看不到的人？

啊，他不来了，那目光火热的
我们会弹吉他的鬈发的歌手：

他已静静地安睡在意大利的
桃金娘花下；而那刻石碑的朋友
也忘了描几个祖国的文字
在这个俄罗斯人的坟墓上，
等北国的游子行经那异邦时
也好感到乡里的温暖和惆怅。

你是否坐在朋友的团聚中了，
好动的人，那么喜欢异域的天空？
是否你又走过了炎热的赤道
和北国海上的永恒的冰层？
幸福的道路！……从中学的门槛
你一步跨上海船，从不知保重，
你的道路从此铺在海面，
噢，风暴和波浪所钟爱的儿童！
在你的漫游中，你得以保持
美丽的青春的最初的习性：
在狂暴的浪涛中，你想象那是
中学时代的嬉戏和闹声；
你从海外把手伸向了我们，
你年轻的心只把我们铭记；
你重复着说："也许，求知的命运
注定了我们将永远各自东西！"

朋友啊，我们的联系是美丽的！
它自由、无忧、坚定而永恒，
它像灵魂一样地不可分离，
在友好的缪斯荫护下交互滋生。
无论命运使我们怎样遭劫，
无论幸福把我们向哪儿导引，
我们不会改变：整个的世界
对我们都是异域，除了皇村。

霹雷追着我，一处又一处地
我缠进了乖戾的命运之网；
疲倦了，我以温情的头，战栗地
贴靠在新的友谊的胸上……
我以忧郁而激动的恳求，
我以早年对人的期望和信赖
全心去结交过新的朋友；
然而，我却尝到了苦涩的接待。

而如今，在这被遗忘的山乡，
在风雪和寒冷包围的幽居，
不料有甜蜜的欣慰等我品尝：
你们中的三个，我心灵的伴侣，
我在这里拥抱了。哦，我的普希钦，
这失意诗人的茅舍你首先造访，
你给我凄凉的流放日子以温馨，
你把它变成了中学的时光。

啊，葛尔恰科夫，一向幸福的人！
我赞美你，宝贵的寒冷的光
并没有使你背叛自由的心灵，
你仍然正直，对朋友和从前一样。
命运给我们指定了不同的路程；
一走进生活，我们立刻分道扬镳，
想不到在这乡村的小径，
我们会见了面，像兄弟般拥抱。
当命运的震怒对我肆虐不休，
仿佛无家的孤儿，举目无亲，
在风暴里我低垂了疲惫的头，
我等待你，侍奉诗神的仆人，
而你就来了，我的德里维格！

青少年课外阅读系列丛书

闲适的灵感之子啊，你的声音，
燃起我久已沉睡的心灵之火，
你使我又兴奋地颂扬命运。

从幼年起，诗魂就在胸中激荡，
我们都体验过那奇异的热情；
从幼年起，两个缪斯朝我们飞翔，
她们的爱抚甘美了我们的宿命：
然而，我爱上了掌声，为了它吟诗，
你却骄傲地为了诗神和心灵；
我把才赋和生命都任意虚掷，
你却在幽静里培育自己的诗情。

对缪斯的侍奉不宜于烦嚣，
美的追求应该崇高而庄严：
但青春狡狯地把我们劝告，
是种种喧腾的梦使我们心欢……
等我们清醒了——但已经太迟！
郁郁回顾过去：只是一场空。
维里海姆啊，你我岂不是如此？
告诉我，诗歌和命运同宗的兄弟。

够了，够了！这世界已不值得
我们心灵的痛苦，且让我们抛开
那些迷妄，避居在乡野里过活！
啊，迟迟的友人，我等着你来——
来吧，以你热情的迷人的故事
把我内心的事迹也活跃起来；
让我们谈谈高加索战乱的日子，
谈谈席勒，谈谈声名，谈谈恋爱。

我也就来了……朋友们，欢宴吧！

我已经预见了和你聚首言欢。
请记住一个诗人的预言吧，
再过一年，我就会和你们团圆，
我所梦想的上谕就会发出；
再过一年，我就又在你们面前！
啊，会有多少眼泪，多少欢呼，
多少酒杯高高地举上天！

满满斟上第一杯，朋友，满满的！
为了我们的团结，饮干这一杯！
祝福我们吧，欢欣雀跃的缪斯，
祝福吧，祝皇村中学万岁！
为爱护我们青春的老师的荣耀
（啊，有的健在，有的已经与世长辞）
让我们举起酒盅，向全体致谢，
把怨嫌忘掉，为了他们的恩赐。

斟满些，再斟满些！心在燃烧，
再一饮而干，别剩一滴，干杯！
这是为了谁？啊，朋友，猜猜瞧……
乌拉，为了我们的沙皇！对，为沙皇干杯！
他也是个人，他为时势所主宰，
做着人言、猜疑和情欲的奴隶；
让我们宽恕他不义的迫害
他建立了这个中学，他攻克了巴黎。

快快畅饮吧，趁我们还在世上！
唉，我们的人数每一刻都在稀少；
有的不在了，有的流落在远方，
命运看着我们的凋零；时光在飞跑；
我们不知不觉地伛偻，受冷，
渐渐地，我们接近生命的来处……

啊，谁将活得长久，到了老年，
必须独自一个把这日子庆祝？
不幸的朋友！在新的一代中间，
他成了讨厌、陌生和多余的客人，
想起我们，和我们团聚的一天天，
他会以战栗的手掩覆着眼睛……
但愿他高兴的，尽管有些悒郁，
把这个日子在杯酒里消磨，
一如此刻的我，一个受贬的隐士，
无怨而又无忧地把它度过。

最后的花朵

田野上残留的一枝花朵
比初开的花簇更亲切；
它能在我们悒郁的心里
牵动更多的柔情蜜意。
正如偶尔的别离，
胜过相聚的甜蜜。

青少年课外阅读系列丛书

维 吉 尔

我不再是震惊上流社会的嘉宾，
虽然早年曾是一位狂热的情人：
我的青春和壮年是何等的潇洒，
如今却永远失去了美妙的光华。
爱神，你这青春年华的庇护神，
我曾经是为你竭忠尽职的仆人，
啊，假如我能够有第二次生命，
我依然会为你服务，竭尽忠诚！

青少年课外阅读系列丛书

我的墓志铭

在这儿安葬着普希金；
他和年轻的缪斯，
还有爱情和懒惰，
共同度过愉快的一生，
他没有做过什么好事，
可是凭良心来说，
却实实在在是个好人。

象　征

我来看你，一群活跃的梦
跟在我后面嬉笑，飞旋，
而月亮在我右边移动，
也健步如飞，和我相伴。

我走开了，另外一些梦……
我钟情的心充满了忧郁，
而月亮在我的左上空
缓缓地伴着我踱回家去。

我们诗人在孤独中
永远沉湎于一些幻想，
因此，就把迷信的征象
也织入了我们的感情。

青少年课外阅读系列丛书

我曾经爱过你

我曾经爱过你；
也许那爱情的火焰
还没完全熄灭；
但愿它不再打扰你；

我不想再让你伤悲，
不想让你感到郁抑；
我曾经默默无语地，
毫无希望地爱过你，
我按捺心中的忸怩，
忍受着噬心的妒嫉；

我曾经那样真挚地，
那样温柔地爱过你，
我祈求上帝保佑你，
别人能如我般爱你！

我的名字对你有什么意义

我的名字对于你有什么意义？
它将消失，就像远方拍岸的浪
发出的低沉凄凉的声音，
就像密林里夜莺的声响。
它会在你的纪念册上面
留下没有生气的痕迹，
就像墓碑上面的花纹，
用的不知是哪一种文字。
它有什么意义？在新近发生的
烦人的激情里，它早已被忘记，
它不会让你的心灵产生
那种纯洁而撩人的回忆。
但在悲愁的日子，寂寞的时候，
请悄悄地呼唤我的名字；
说一声，世界上还有人记得我，
还有颗心没有把我忘记……

青少年课外阅读系列丛书

别　　离

为了遥远的祖国的海岸
你离去了这异邦的土地；
在那悲哀难忘的时刻，
我对着你久久地哭泣。
我伸出冰冷的双手
徒劳地想要留住你，
我呻吟着，恳求你别走
别让我承受痛苦的别离。

然而你竟移去了嘴唇，
断然割舍了痛苦之吻，
你要我去另一个地方，
从这幽暗流放处脱身。
你说过："在永远的蓝天下，
我们后会有期，我的朋友，
让我们相约橄榄树荫，
再一次品尝爱情的吻。"

唉，可是就在那个地方，
天空依旧闪着蔚蓝，
橄榄树荫铺在水上，
而你却已静静地安息。
你的苦痛你的秀色，
都已在墓中香消玉殒，
相约的吻也成了泡影……
可我期待着，跟在你身后……

我看到了死神

我看到了死神；就在这里，
在我寂静的门槛边。
我望见了墓地；墓门大开，
我的希望飞向那里……
我快要死了——没人会发现
我模糊的青春脚印，
我的最后的一瞥
也不会遇到可人儿的青睐……

别了，凄凉的世界，这儿对我来说，
是一条晦暗如深渊般的人生不归路，
在这里，生活并没有减轻我的痛苦，
在这里，我爱过，可爱的权利却被剥夺！

蔚蓝的天幕，可爱的山岗，
欢唱的小溪，清晨的灵感，
还有那森林中静谧的绿荫，
我最后一次呵，告别你们。

青少年课外阅读系列丛书

青少年课外阅读系列丛书

哀 歌

那狂热年代里已逝去的欢乐，
像酒后隐隐的头痛折磨着我。
但是跟酒一样，存放越久，
往日的忧郁，就越积越多。
我的前途迷茫，如行海上，
只会给我带来辛劳与感伤。

但是朋友啊！我可不愿这样死。
为了思索，再苦，也要活下去。
我知道，我会尝到极大的乐趣，
有时我还会陶醉在和谐的乐曲，
也会对着理想的产儿挥泪如雨。
也许，对我生命的忧悒的晚照，
爱情甚至还会闪现临别的微笑。

被你的梦想选中

被你那缠绵悱恻的梦想
选中的人是多么幸福啊，
他温柔的目光主宰着你，
在他面前你没必要掩饰
你为爱情而恍惚的神情；
可是那默默聆听你自白
却又妒火中烧的可怜人——
心里燃烧着爱情的烈焰，
沉重的头颅低垂在胸前。

茨 冈

宁静的傍晚时分，
浓荫覆盖的岸边，
帐篷里欢歌笑语，
原野上篝火点点。

你们好，幸福的种族！
我认识你们的篝火，
若是在从前的时候，
我也会跟着你们漂泊。

明天，朝霞初放时，
你们自由的足迹又将消失。
你们走了，可你们的诗人
却不会随你们同去。

他将告别流浪的行程，
忘却曾经有过的欢乐，
只想在恬静的小乡村，
享受家庭生活的温馨。

该 走 啦

亲爱的，该走啦，是时候啦！
心儿祈求着安宁——
日子一天天飞逝，
每个小时都要带走一点生命，
咱们俩多么想永远地活下去，
可是看呐，死神的脚步已临近，
世上虽无幸福可言，
却有着自由和宁静。
我早就向往那令人羡慕的命运，
我这疲乏不堪的奴仆，
早就打算逃往遥远的地方，
那里是写作和极乐的净土！

青少年课外阅读系列丛书

美　人

她的一切都和谐优美，
一切都超出尘世的热情，
在她庄严的美丽中
含着羞怯和文静。
她环顾四周的仕女，
既没有敌手，也没有伴侣。
我们那些苍白的丽人
已在她的光辉下失色。

无论你匆匆赶往何方，
即便是去和爱人相会；
也不论你心中的幻想
有多么秘密，多么珍贵，
你一见她就会脸红心跳，
身不由己地突然停住脚，
并怀着虔诚的崇拜之心，
来景仰这美中的神圣。

我 原 以 为

我原以为这颗心已失去敏锐的痛感，
我说过：往事不堪回首！不容再现！
抛开了，轻信之念，
连同激情和悲伤……
可它们如今却又开始驿动，
在美的强大的诱惑力面前。

青 铜 骑 士
—— 彼得堡的故事

青少年课外阅读系列丛书

序　曲

站在岸上，面对荒凉的波浪，
他①胸中充满了伟大的思想，
向远处眺望，在他的眼前
河水在涌流；在那河面上
可怜的一叶小舟奋力向前。
长满苔藓的岸上一片泥泞，
星星点点散布着一些屋棚，
和穷苦芬兰人的栖身之处；
周围的森林发出阵阵涛声，
而那阳光隐入沉沉的浓雾，
从未将它照亮。

他在沉思：
我们将对瑞典人加以恫吓。
在这里将建起一座城市，
以威慑那个傲慢的邻国。
大自然为我们在命中注定
要把通往欧洲的窗口打通，
面对大海站稳坚定的脚跟。
沿着这焕然一新的浪波，
各色的旌旗将前来做客，
我们会摆下盛宴款待嘉宾。

---

① 指俄国沙皇彼得大帝。

年轻的城市走过了一百年①，
这北国的美丽景观和奇迹，
在黑暗的森林和沼泽之间
欣欣向荣地、高傲地耸起；
从前在这里那芬兰的渔夫，
被大自然抛弃的苦命孤儿，
孤零零地在低岸处捞捕，
把他那一面破旧的鱼网
投入到神秘莫测的河水中，
而今这两岸上已充满新生，
巍峨的宫殿，林立的塔楼，
高大的建筑物鳞次栉比，
成批的船舶来自世界各地，
都奔向这繁荣昌盛的码头；
涅瓦河披上了花岗岩外衣；
道道桥梁在流水之上高悬；
一座座浓荫匝地的花园
遮覆着河两岸的大小岛屿，
面对这年轻首都的壮美，
古老的莫斯科便暗淡无光，
正如一个久已孀居的太妃
面对一个新登宝座的女皇。

我爱你，彼得大帝的杰作，
我爱你规整有序的格局，
涅瓦河上汹涌澎湃的洪波，
河两岸花岗岩砌就的围堤，
铁铸的围栏上精美的花纹，
沉思的夜晚那清澈的昏暗，
在无月之夜仍漫布着光晕，

———————
① 彼得堡始建于1703年。

当我坐在自己的屋子里边，
不掌灯而写字读书的时候，
寂寥的街上那沉睡的高楼
远远地望去依然清晰明朗，
海军大厦的尖塔还在闪光，
你不允许那漆黑的夜幕
遮蔽住金光灿烂的天空，
晚霞甫落，晨曦已经初现，
只给黑夜半个小时的睡眠①。

我爱你那酷烈无俦的冬日，
冻结的空气和凝滞的严寒，
宽阔的涅瓦河上雪橇奔驰，
少女们那艳若玫瑰的笑脸，
舞会上的交谈，喧哗，光明，
单身汉们的宴席上的吵闹，
高脚杯里泡沫的嘶嘶响声，
点燃的潘趣酒蓝色的火苗。

我爱那玛尔斯②的演兵场上
少年兵团英姿勃勃的气势，
还有马队和步兵团的战士，
他们步调一致，威武雄壮，
在配着整齐律动的队伍中，
一面面胜利旗帜迎风翻飞，
一顶顶光芒闪烁的铜盔，
上面还带着累累的弹孔。

我爱你，你这战争的首都，

---

① 彼得堡靠近北极，每年6月中下旬是白夜时期。

② 玛尔斯：罗马神话中的战神。

你那要塞上的浓烟和轰鸣，……
那是当北国的年幼的王储
被皇后恩赐给君王之宫，
抑或是当俄罗斯举国欢庆，
欢庆他们又一次战胜敌人，
抑或涅瓦河冲破蓝色坚冰
把它们一块块都送入海中，
感受着春日来临鼓舞欢欣。

彼得的城啊，抖起你的威仪，
像俄罗斯一样岿然不动，
大自然不可抗拒的伟力，
在你的面前也将百般顺从；
让芬兰湾上的波涛忘记
它们古老的奴役与仇恨，
不要挑起无谓的恶意激忿，
来骚扰彼得的永恒的梦！
曾有段时期令人胆战心惊，
对它的记忆依然鲜活如初……
我的朋友们，就这个事件
我来为你们开始我的讲述。
我的故事将忧伤而凄惨。

第一章

在阴暗的彼得格勒①的上空，
十一月呼吸着秋季的寒冷。
涅瓦河用它喧腾的波浪
拍打着两岸整齐的围栏，
有如病人卧在自己的床上，

---

① 彼得堡是德语中的叫法，而彼得格勒则是俄语中的通称。

焦躁不安地时时反侧辗转。
天色昏黑，时间已是迟暮，
雨点愤怒地击打着窗户，
风在吹，悲惨地咆哮不停。
这时做客之后回到家里，
走进来年轻的叶甫盖尼……
让我们对我们的主人公
就用这一个名字来称呼。
它听起来让人觉得很舒服；
况且我的笔早就与它交好①。
他别的称呼我们不需要。
尽管这名字在过去时代里
或许曾获得过显赫殊荣，
并且借着卡拉姆津②的笔，
在族人的传说中大名鼎鼎。
而今在上流社会和舆论中
它早已被忘得一干二净。

我们主人公在科隆纳③供职；
生性腼腆，怕与权贵结识。
他既不为长眠的亲人伤情，
也不怀念那被遗忘的古风。
这样，叶甫盖尼回到家中，
草草脱掉衣服，爬上床去，
但心中充满了杂乱的思绪，
他激动得久久难以入梦。
那么是什么令他思绪万千？

①　普希金的长篇叙事诗《叶甫盖尼·奥涅金》，创作于《青铜骑士》之前。

②　卡拉姆津：俄国18世纪末19世纪初的文学家、历史学家，写过《俄国史》。此处普希金喻指叶甫盖尼祖上曾是名垂青史的贵族。

③　科隆纳：彼得堡与莫斯科之间的一座小城。

他是在思索着自己的贫寒，
想着他必须用困苦与劳累
才能够获得独立与光荣；
想着愿上帝用金钱与智慧
来为他增加更多的宠幸。
要知道有些闲散的有福人，
不仅懒惰而且心智愚蠢，
可他们活得处处称心如意！
他任职总共才两年时光；
他又想，风雨还没有停息；
河水仍旧在不断地高涨；
他想到，汹涌的涅瓦河水
恐怕会把河上的桥梁冲毁，
那样就会有两天或三天
不能与他的帕拉莎见面。
想到此他从内心发出叹息，
像个诗人脑子里浮想联翩：

"结婚吗？我？为什么不干？
当然，做这件事并不容易；
但没有什么，我健壮年轻，
我愿意昼夜不停地劳动；
好歹搞一个简陋舒适的家，
这件事我想不会太难办，
那就可以安置我的帕拉莎。
或许再过上那么一两年——
我会得到一个称心的位子，
让帕拉莎操持那些家务事，
还有孩子，也让她来教养，
我们就这样地生活起来，
手拉着手一起走进棺材，
那时儿孙把我们一起安葬……"

他就这样幻想着。这天夜晚，
他心中充满悲伤，他希望
风吼叫得不要这样凄惨，
雨不要这样愤怒得发狂，
不停地敲打窗户……
他终于合上了睡意沉沉的双眼。
此时黑暗的雨夜渐露晨曦，
即将到来的是凄苦的一天……

可怕的一天！
澎湃的涅瓦河
整夜里顶着风暴奔向海洋，
它无法征服阵阵雨暴风狂，
仍忍无可忍与之奋力拼博……
次日清晨，在涅瓦河岸上，
一群群人蜂拥而至来观看，
暴怒的河水掀起如山巨浪，
白茫茫的浪尖上水花飞溅。
但海湾上吹来强劲的狂风，
迎面阻住了奔涌的涅瓦河，
河水倒流而来，怒浪排空，
一座座河上的岛屿被淹没，
恶劣的天气越发地疯狂，
涅瓦河在咆哮声中暴涨，
仿佛一大锅开水翻滚沸腾，
突然，如同野兽激怒发疯，
向着城市凶猛地扑了过来。
在它面前一切都溃逃退让；
转瞬间一切归于一片汪洋——
突然河水涌入了地道里，
从地面的窨盖上突突外溢，

这彼得之城像一个特里童①，
漂浮着，半截身浸在水中。
包围！进攻！凶恶的波浪，
像盗贼般已爬上人家的窗。
起伏的小船将玻璃给撞烂。
盖着潮湿布幔的小贩托盘，
冲垮的小房的屋顶、碎木，
商人们囤积下的各种货物，
穷苦人家各种零用的东西，
被暴风雨摧毁的桥梁废墟，
被冲决开的坟墓中的棺椁，
都在长街之上漂浮！老百姓
目睹上帝的震怒，等待严惩。
唉！全都毁了：食物和住所！
以后怎么办？

这恐怖的年月中
还是那已作古的光荣的沙皇②
在统辖着这片俄罗斯大地。
他走上阳台，忧伤而焦急，
叹道："对上帝神奇的力量，
人间的沙皇毕竟不能取胜。"
他目光悲戚，心中闷闷不乐，
凝望着眼前这惨烈的灾情。
处处广场成了片片湖泊，
街道正如一条条的大河
向着这些湖泊倾注流淌。
皇宫像一座忧伤的孤岛。
沙皇一发话——从四面八方，

① 特里童：古希腊神话中海神波塞冬之子，人身鱼尾。
② 指亚历山大一世。

沿着或远或近的条条街道，
他的将军们就会闻风而动，
奔向洪水中危险的地区，
去抢救那些淹没在家里
惊恐万状地挣扎的民众。

这时在彼得广场的角上，
矗立着一所新建的楼房，
在楼房高高的台阶上面，
蹲踞着一对守门的石狮，
像活的一般扬着一只爪子，
这时叶甫盖尼手叉在胸前，
帽子没了，样子楚楚可怜，
呆呆地骑在大理石狮背上。
他面色苍白，心底里惊惶，
但不为自己。他没有听到，
那高涨起来的贪婪的波涛
怎样不停冲刷着他的脚掌，
大雨怎样往他的脸上猛浇，
风怎样吹过来，怒吼发狂，
怎样突然吹走了他的礼帽。
他那一双充满绝望的眼睛
只呆呆地凝视着一个方向。
在那里，有如耸起的山峰，
一波一波汹涌澎湃的巨浪
从暴戾的深渊中掀起怒涛。
那里风暴也在不停地吼叫，
那里漂着各种散乱的碎片……

天哪！那里——？在巨浪旁边，
在紧紧靠近海湾的地方——
有棵柳树，光秃秃的围墙，

和一所破烂狭小的房舍：
住着他的帕拉莎，寡母孤女，
那里是他心中幻想的处所……
可眼前这一切是在梦里？
抑或人生本就是虚幻的梦，
本就是上天对人间的戏弄？
他呆呆地仿佛中了魔术，
仿佛在石狮身上被钉住，
要想爬下来却无法做到！
他周围没别的，只有波涛！
而在那岿然不动的高地上，
对暴怒的涅瓦河居高临下，
背朝着他在的这个方向，
一尊铜像伸出着一只臂膀，
胯下骑着一匹青铜的骏马①。

第二章

但瞧啊，感到了破坏的满足，
厌倦了自己狂暴的行为，
涅瓦河开始慢慢地后退，
一边玩赏着自己的愤怒，
在身后抛下自己的猎获物。
如同一个暴戾恣睢的恶魔，
率领着一大群凶残的喽啰，
闯入一个村庄滥杀无度，
捣毁，抢掠；吼叫，号哭，
强暴，惊惶，恶毒的骂詈！……
掠夺的东西已经沉甸甸，
疲惫不堪，又怕人追赶，

---

① 彼得大帝纪念铜像，法国雕塑家法尔科内的作品，1782年正式落成。

强盗们便匆忙跑回家去，
沿途乱丢下抢来的钱物。

河水退下去，铺石的马路
又露出来，我的叶甫盖尼
匆匆走着，心灵已经麻木，
说不清是希望、忧愁或恐惧，
向着刚刚平息的河边走去。
但显示着喜庆胜利的隆重，
波浪仍在恶狠狠地沸腾，
好像熊熊火焰藏在水下，
河上的泡沫将这火掩蔽，
只见涅瓦河沉重地喘息，
像一匹搏杀而归的战马。
叶甫盖尼看到了一条船，
急忙奔向这个意外的发现；
他奋力地把摆渡者呼叫——
而那个船夫却漫不经意，
他可以为十戈比的银币
把他送过这骇人的波涛。
这饱经风浪的船夫久久地
与狂怒的波涛奋力搏击，
小船在时时刻刻准备着
与船上的大胆的过渡者
跌落在波谷深处——
但小船终于到达对岸。

这不幸的人
沿着他久已熟悉的街道
跑到熟悉的地方。一瞧，
再也认不出了。景象骇人！
在他的面前现出一片废墟；

墙倒屋塌，东西被水冲去；
有些小屋已欹侧到一旁，
有些已完全坍圮在地上，
有些则被波涛卷到了别处；
这一切就像战场上的景物，
尸横遍地。这时叶甫盖尼
一切都已忘怀，头脑昏昏，
痛苦的折磨使他浑身无力，
仍拼命地跑去，那里命运
在用未知的消息把他等待，
如同拿着一件未开封的信。
这时他已经跑到了城外，
那是海湾，房子就在附近……
这是怎么回事？……
他停下脚步。
转过身来又回到了原处。
望了望……走几步……再望望。
对，这是她们房子在的地方；
瞧，柳树。这儿原是大门——
显然已被冲走。但房在何处？
满怀阴暗的思绪，忧心如焚，
他不停地围着这一带踱步，
嘴里自己对自己大声地吼，……
忽然，他抬起手一拍额头，
哈哈大笑起来。

夜的阴影
已降临到这战栗的都城；
但市民们久久不能入眠，
他们把刚刚过去的这一天
彼此谈论不休。
清晨来临，

青
少
年
课
外
阅
读
系
列
丛
书

朝霞透过疲惫苍白的浓云，
在静静的首都上空照耀，
昨日的灾祸已经销声匿迹；
一袭绛红色宽大的长袍
已经把那惨烈的景象遮蔽。
往日的一切都恢复了秩序。
人们又开始在宽阔的街上
带着冷漠的表情你来我往。
那些大大小小做官的人物
抛下自己夜间的栖身之处，
又开始匆忙到任上去供职。
勇敢的商贩们并不愁眉苦脸，
打开被河水劫掠过的储藏间，
准备弥补自己重大的损失，
捞别人的钱。他们又把小船
从院里搬了出来。

那个被上天
宠爱的伯爵诗人赫沃斯托夫①，
已经在用他那不朽的诗句
来吟唱涅瓦河畔上的灾难。
但是我的可怜的叶甫盖尼……
唉！他的纷纭烦乱的头脑
经不住这可怕事件的打击。
涅瓦河与狂风的暴虐呼啸
时时在他的耳边发出轰鸣。
他一言不发，胡乱东奔西跑，
可怕的思绪充满他的心胸。
有一个梦魇在将他折磨。
过了一星期，又过了一月——

① 赫沃斯托夫：俄国 18 世纪末 19 世纪初的保守派诗人。

他还没有回过自己的家中。
他原来那一角凄凉的窝，
在这时候早就租期已过，
主人把它又租给个穷诗人。
叶甫盖尼没去拿他的东西。
很快他就成了世间多余之人。
终日里他只是走来走去，
夜里便在码头上席地而睡。
饿了便求人给块面包充饥。
他身上原本是多年的旧衣，
现在更是扯挂得破烂不堪。
坏孩子们追着他乱丢石头，
车夫们也常常挥起皮鞭
朝着他的身上胡打乱抽，
因为他早已经神志不清，
分不出哪是道路。看上去
像没注意，但是在他的心底
惊恐的轰响使他如哑似聋。
这样不像兽也不像人地
过着他充满不幸的生活，
既不像幽魂，也不像生灵，
什么都不像……

有一天夜晚
他在涅瓦河的码头上入梦。
那时夏日即将与秋季换班。
阴雨的天吹着凄冷的风。
阴郁的浪冲击着码头堤岸，
幽怨地拍打着光滑的石级，
就像个投诉的人满怀冤屈，
站在法官的门外无人去理。
这倒霉的人醒了，夜色凄切：

雨在淅沥地下着,风在呜咽,
远处在漆黑的夜色之中,
岗哨的叫声与风雨呼应……
叶甫盖尼很快挺身站起;
脑中活现出过去的恐惧;
他开始起来到街上漫步,
可是突然他停住了脚步……
他面上现出野性的恐怖,
静静地把目光投向四方。
他面前是一座高大建筑,
他就站在石柱前。台阶上
蹲踞着一对守门的石狮,
像活的一般扬着一只爪子,
在对面那黑暗的夜幕下,
在被栅栏围起的巨石上,
那尊铜像伸着一只臂膀,
胯下骑着一匹青铜骏马。
叶甫盖尼打了一个冷战。
心中的思绪可怕地变明晰。
他认出洪水曾在这里嬉戏,
这里曾汇聚起残暴的波澜,
就在他的身边逞起凶狂,
这一对石狮,这一片广场,
那铜像把头颅挺入夜空,
高高耸立,有如渊停岳峙,
就是他凭着宿命的意志,
在海边建起了这座都城……
黑暗中他令人感到惊惶!
他额头里装着怎样的思想!
他体内蕴蓄着怎样的勇力!
而马的身上有火焰在燃烧!
高傲的马,你向何处奔跑,
你要在何方收住你的马蹄?

啊，命运的强大的主宰！
你这样高临在深渊之上，
用力抖动起这金属的马缰，
要让俄罗斯也把铁蹄高抬！
围绕着这个铜像的座基，
这可怜的疯子在辗转彷徨，
不时把他那野性的目光向
半个世界统治者的脸投去。
他的胸膛感到憋闷难堪，
头紧靠着那冰凉的栏杆，
一层雾气遮住眼睛的光亮，
他只觉得胸中烈焰熊熊，
热血也在体内翻滚沸腾。
阴郁地面对这高傲的偶像，
他紧咬着牙齿，双拳紧握，
一种恶毒的力量充满全身，
"好，你这个创造奇迹的人！"
恨意使他浑身战栗，低声说：
"你等着瞧！……"忽然拼命地
撒腿跑起来。他仿佛觉得，
这恐怖的沙皇在一瞬间
静悄悄地向他转过了脸，
胸中燃起了愤怒的烈火……
于是他沿着空荡荡的广场
奔跑起来，听得身后——
有如雷霆万钧隆隆不绝，
一阵阵沉重而响亮的跳跃
在抖颤的铺石路面上轰响。
映着夜色中惨白的月光，
那一只手臂高扬在空中，
那一匹骏马驮着铜骑士，
轰响着在他后面紧紧追踪；

整整一夜这可怜的疯子
不管东奔西跑走到何处，
他后面都紧跟着铜骑士，
响着那沉重的跳跃的脚步。
从那时起，有时他无意中
在经过那个广场的时候，
便有一种惶恐不安的表情
在脸上浮出。他的一只手
便慌忙把自己的胸口捂住，
好像这可以克制他的痛苦，
把破烂的便帽摘下头顶，
低垂着一双惊慌的眼睛，
从一旁走开。

有一座小岛
站在海边就可以望得见。
有时渔夫捕鱼时间过晚，
便拖着鱼网在那里停靠，
到岛上熬煮粗陋的晚餐，
或有的头面人物划着船，
星期日的时候便前来造访
这座荒凉而僻静的岛屿。
岛上连一根小草也不生长。
洪水泛滥爬上来恶作剧，
把一所破旧的木屋给冲散。
水面上它像一片黑色树丛。
去年春天有人把它用帆船
运回家去。当时屋内空空，
一切都已毁坏。在门槛旁，
人们发现了那疯子的尸体，
看在上帝分上，就在那里
人们把他僵冷的尸首掩葬。

你　和　您

她一句失言：以亲热的"你"
代替了虚假客气的"您"，
让我心头浮起美妙的幻想，
再也捺不住心中的热望。
我站在她面前，郁郁地，
怎样也不能把目光移开；
目不转睛地把她凝望；
我对她说："您多么可爱！"
心里却想："我多么爱你！"

丰 碑

题记:我建起了一座丰碑。
　　　　　　——贺拉斯

我给自己建起一座非人造的纪念碑,
人们走向那里的小径永远不会荒芜,
它将自己坚定不屈的头颅高高昂起,
高过亚历山大的石柱。

不,我绝不会死去,在神圣的竖琴中精神永存,
它将比我的骨灰活得更久,永不消亡,
只要在这个月照的世界上还有一个诗人,
我的名声就会传扬。

整个伟大的俄罗斯都会听到我的传闻,
各种各样的语言都会呼唤我的姓名,
无论骄傲的斯拉夫人的子孙,还是芬兰人、
山野的通古斯人、卡尔梅克人。

我将长时期地受到人民的尊敬和爱戴:
因为我用竖琴唤起了人民善良的感情,
因为我歌颂过自由,在我的残酷的时代,
我还曾为死者呼吁同情。

啊,我的缪斯,你要听从上天的吩咐,
既不怕受人欺侮,也不希求什么桂冠,
什么诽谤,什么赞扬,一概视若粪土,
也不必理睬那些笨蛋!